大海的女兒

張青萍散文集

張青萍 著

自序

二〇〇一年，我提早退休，離開了職場。不久又拿起生鏽的筆，爬起稿紙向《世界日報》副刊投稿。承蒙田新彬主編及宇文正先生的鼓勵，我那些拙文見了報。

最高興的是我的父母。住在紐約的父親每早必步行至街口轉角處小雜貨店買世界日報，回家細讀。如果我有拙文刊出，父親必欣喜地忙著接收北美各地老友的賀電，當日也會和母親互相談論。

二〇〇五年，母親遽逝後，我幾乎絕筆。二〇一〇年，父親病重，病危時還殷殷囑咐我繼續寫作。結集出書，是我對父親的承諾。

書中大部份作品都發表於二〇〇一到二〇〇六年的世副。第一輯內從〈大海的女兒〉開始，多篇文中均提到中西歌曲或歌名，故以「生活組曲」

名之。第二輯「師友過從」記錄幾位在我記憶中留下深淺足跡的師友。第三輯「海天遊蹤」，從〈父親的少年遊〉到〈問我故鄉在何處〉，是從父親到我的兩代綿長遊子吟。附於最末的六首新詩曾發表於一九七六年底和七七年初的星島副刊「文藝廣場」，是一串遊子吟，作為尾聲，也是對那段父女在紐約相伴日子的紀念。

謹以此書獻給我天上的父母。

目次

輯二 師友過從

輯三　海天遊蹤

輯一

生活組曲

大海的女兒

曉來雨過，遺蹤何在，一池萍碎。母親走了八年了。

生活中經常想起母親。庭院裡蒔花弄草，想起愛園藝的母親。剪雨後青韭，感念她撒下最初的秧苗；採將凋金針，感謝她教我辨識。摘下白曇燉以冰糖，溫暖甘甜地回味童年我每患氣喘時母親一匙匙的餵送。

尤其每回聽到那首〈大海啊！故鄉〉，更讓我想起母親。

「小時候媽媽對我講，大海就是我故鄉。海邊出生，海裏成長，大海啊大海是我生活的地方。海風吹，海岸湧，隨我飄流四方。大海啊大海就像媽媽一樣，走遍天涯海角，總在我的身旁。」

母親的故鄉在大海邊。她在海邊出生，海裏成長，大海是她生長的地方。她帶著對大海的記憶，走遍天涯海角。她的一生，幾乎均分成三等份：大陸、台灣、美國，每一份裡都有大海的氣息。

母親是前清縣太爺的孫女。在華北保守的家族，舅舅們可以唸北京大學，聰明慧黠的母親卻連進學堂也不許。年幼的母親自己搬個小板凳，捱在自家私塾門外，就這樣學會了讀書識字。同輩的姊妹淘們，囿於封建的束縛，不但是文盲，還從小被逼纏著小腳。母親白天鑽到大人找不到的地方，晚上解開睡前剛被纏上的雙足，讓偏憐幼女的姥爺和姥姥無可奈何，終使母親保有一雙能四海遨遊的矯健天足。

虛歲二十那年，母親不顧家裡的反對嫁給了門戶不當但青梅竹馬的父親。在青島渡過短暫的蜜月後，父親遠赴西北唸軍校，母親則回到家鄉侍奉翁姑。在日本人佔領家鄉，音訊不通的十年歲月裡，爺爺、奶奶、姥爺、姥姥全沒了。母親埋了至親長輩，撫育叔叔，守著家門。

抗戰勝利，日本人剛走，共產黨又來了。母親放下日語，被逼著學扭秧歌。叔叔成親後，母親收到父親輾轉傳來的口信：「在基隆碼頭見！」決定在國共戰爭的遍地烽火中獨闖闗山，萬里尋夫。當時母親二十九歲，正懷著哥哥。

在父母翁姑墳前叩別，和叔叔在老屋揮淚作別。忍著摧心裂肺的痛，揣著一點金飾，背著簡單行李，母親開始逃難。所有的金飾在一程一程驛站中，成了國共兩方哨兵的買路錢。母親終於在青島擠上船，匯入逃難洪流中。

很難想像大腹便便又一文莫名的母親，是如何獨個兒在亂世裡從山東半島的最尖端逃到台灣。也許是勇敢，也許是堅忍，也許兩者皆是。

父親在基隆碼頭每艘到岸的船尋找母親，倆人終於悲喜交集地在海邊重逢。父母親從此移居在另一個海邊——台灣基隆，胼手胝足地建立家園，生兒育女。除了哥哥及我，還添了妹妹。所以，我也是大海的女兒，早年零星的記憶裡依稀有海風的氣息。韓戰爆發，父親赴韓任美方翻譯，母親獨自在台帶著三名幼子。幾年後，父親於韓戰結束後歸來，倆人搬到台北近郊，買了房子，又添了小弟，安身立命成了新台灣人。

小時候聽母親講她趕海的故事，攙雜著對青春的緬懷。對我描述故園農場裡的趣事，更浸滿甜美的鄉愁。這些帶著海風的記憶成為我第一首新詩〈在海那邊〉的素材。

在台灣的歲月，母親絕大部份住在淡水河邊的永和。早年它還是中和鄉的一部份，溪水潺流，稻田飄香。由於毗鄰首都，很快地成為全台灣外省人最集中的小鎮，後來更成為城市。母親在那兒生兒育女，走過那段物質缺乏卻人情濃郁的歲月。

每天清晨，母親照應好一家六口的早餐，待我們各自上班或上學後，再換上旗袍，撐起洋傘出門。母親身材高挑，有一米七左右，穿上各色旗袍特別好看。

鎮上山東老鄉雲集，燒餅油條店遠近馳名，皮鞋店物美價廉。母親和老鄉熱絡，也和菜市場裏所有的小販相熟。母親總笑嘻嘻地和人比劃交流，超越言語不通的障礙。她對人寬厚，不與小販爭斤論兩，反而常常得到菜販及肉販贈送的蔥薑小菜及帶皮肥豬油。

上街買菜回來，母親整理家務，洒掃庭院。平日家務繁忙，雖有傭人幫忙，她還是停不下來。記得家裡曾僱用三輪車夫老王，我們有了腳踏車後，就在母親的資助下轉業開了計程車。也曾聘用鄉下小姑娘金月，也在母親鼓勵及介紹下，到紡織廠做了女工。只留下一位常來家裡幫忙洗衣的阿姨，多年下來成為好友，母親和她用山東話和閩南語交流，還教會她一手麵食。

母親從不打麻將，更不走街串巷，蜚短流長。她種花蒔草，還飼養雞兔貓狗等家禽、家畜。我記得我們曾同時養過一條德國狼犬、一隻狐狸狗、一窩貓、幾隻兔子，和多隻下蛋老母雞。即使在晚飯後忙碌之餘，她還一邊燈下課子，一邊不停手地織著毛衣或鈎著桌墊。

母親敦親睦鄰，逢年過節必先到親戚家拜年；包鮮肉水餃，必將先煮好的幾盤分送左右鄰居。只要知道街坊或親友在危難中，就立刻解衣推食，或以金錢資助，不求回報；當中也有人上門誆錢，別人勸阻母親別那麼傻氣，母親卻淡然一笑說：「萬一人家真有危難呢？」

在台灣海島住了近三十年後，母親移居美國紐約海港和分離三年的父親團圓，也在那兒走過最後的黃金歲月。

那年寒冬風雪日，我赴紐約陪剛動完心臟大手術的母親回家。沒坐多會兒，母親不顧我的抱怨，拄著拐杖走進廚房忙碌。又推開後門，在陽台上叫喚。一大群流浪貓應聲蜂湧而至，圍著母親端出的大碗貓食咪嗚吞嚥。陽台上的母親倚著拐杖滿臉微笑，原來牠們也是母親住院時的牽掛。

又隔兩日，母親佝僂著背，竟和麵做起父親最愛的家常麵條。飯桌上母親吃得很少，多半時間含笑替父親添食。飯後，母親在沙發上歇息，父親捧著針筒笑著：「媽媽娘子該打針嘍！」柔和的燈光下，滿頭銀髮的父親細心而熟練地在同樣銀髮的母親靜脈上注射著每日一針。六十年結髮夫妻，那一刻我心頭響起了〈白髮吟〉。

回顧母親一生純真質樸，堅韌勇敢；一世與人無爭，心存寬恕原諒。為人溫煦坦誠，從不疾言厲色。待人寬厚，只記得別人的好，原諒別人的過失。無論公園內打太極拳的朋友、醫院的護士、家裡的看護，凡和母親接觸過的人，都會喜愛上她。

因為母親是大海的女兒，大海孕育出她寬厚的心胸，但願我能從她身上學到分毫。

小河淌水

從四歲到十四歲，我在同一幢房子裡度過。房子四周有寬大的院落，我和童年遊伴常沿著房子玩捉迷藏、官兵捉強盜，或一二三木頭人。前廊舖水泥的地面光滑平整，是我們跳房、跳橡皮筋及玩圓牌的場所。玩伴多半是我國小同學，有的還背著弟妹一起嬉戲。

右鄰的三兄妹是上海人，衣著講究，出門總穿著皮鞋，坐三輪車，很少和我們廝混。只是隔著竹籬笆，羨慕地看著我們拖著木屐，健步如飛地笑鬧。三兄妹的乳名取得可愛，分別是哈里巴、牛小妹和小三子，配上吳儂軟語，令人印象深刻。

房子左側是個短窄的巷弄，從街上沿著我家左側開到巷底兩戶人家。在我家正後方的鄰居有姊妹兄弟四人，年紀和我們家兄弟姊妹相當，因此常混在一起。我家的後門也開在巷底，緊挨著後鄰，所以動靜相聞，只要我們哪位一回到家，對方年齡相若的那位也立刻開門，笑鬧在一起。另一家的爸爸在大陸做過軍長，一對兒女都在唸大學，男的玉樹臨風，女的端莊美麗，使我對大學生活無限嚮往。

庭園裡滿植著茂盛的亞熱帶花木。沿著前廊兩側的七里香，在夏夜裡吐露芬芳。大門上攀著九重葛，竹籬上盤著牽牛花，前廊玄關外一架軟枝黃蟬，罩得客廳清幽。西窗外一滿蔭的綠葡萄，擋著午後的炎陽。扮家家酒時把冬青和變葉木的葉子撕碎當蔬菜，軟枝黃蟬的花柄是酒杯，花瓣是雞蛋。把玫瑰及茶花的花瓣當指甲油，快樂地塗上指端。扯下棕櫚葉當羽毛扇，芭蕉葉當團扇，搧著做戲。所有的道具都是就地取材。

一道小溝橫過前院，流著潺潺溪水。我和妹妹常在裡頭撈到泥鰍和河蝦。打開紅漆大門，一道小橋從大門接到大街。橋下是條小溪，從淡水河一路蜿蜒而來。和我們同一側的每戶人家，家家門前有小橋，形式各異地架在小溪上，構成小橋流水人家的美麗街景。

溪水裡豐富的鱔魚常成為我們的晚餐，清澈溪水更是每天清早各家婦女的洗滌恩物。年紀小加上害羞，我很少坐在自家橋頭上張望，只除了看大拜拜。七爺踩高蹺，八爺矮冬瓜，再加上土地公、黑白無常，好不熱鬧。我們四兄妹緊挨著大門，坐在橋頭，在鞭炮聲中看街上鑼鼓喧天。

街頭是各色店鋪。打燒餅的，賣皮鞋的，還有雜貨店及五金行。每天早上，買燒餅油條加豆漿是哥哥的差事；下午到雜貨店買缺少的油鹽醬醋或花生米則輪到我跑腿。老闆有時賞我幾顆籃球糖，更令我樂不可支。

街尾的國民小學新建草創。有一段時期，學生們需自己帶板凳上學。我每天中午回家吃媽媽烹煮得熱騰騰的營養午餐，直到預備鈴響，才飛也似地跑回學校。三、四年級時只有三項科目國文、算術和自然，我常考滿分，當了幾次模範生。再加上人長得胖嘟嘟的，老師特別喜歡我，常捏我的臉蛋，叫我「小胖妹」，我每次都羞得兩手遮面。

夏天裡颱風多，常造成豪雨。淡水河氾濫，溪水暴漲，一夜之間，水漫全鄉。爸媽慌忙地把我們兄弟姊妹放在洗澡盆內，浮在水面，等阿兵哥來救援。阿兵哥把我們就近安置在兩層樓的國小教室裡，我們只覺新奇好玩，完全無視父母的憂心及重整家園的艱辛。

五年級時，爸把我轉到對面的私立小學。國文老師選《愛的教育》做課外讀物，每天最後一堂課朗讀此書，替我們在世界文學的領域裡開了一扇窗。我才剛認識了全班同學，爸又把我轉到台北一家幾乎每年出產初中聯考男女狀元的國小。第一天上學回家，我的兩條麻花辮剪成學校規定的馬桶蓋。每天清早起身，睡眼惺忪地背個大書包，擠在大人堆裡轉兩趟公車，晃一個多小時到學校。新學校男女分班，每班人數眾多，我是第七十七號，後來又有一位新生轉入，成為七十八位學生的班級。每天一早到校就考試，考不到滿分的就遭藤條，被打得手心發麻還得向老師鞠躬稱謝。童年一下子就黑暗了。

學校為我們這些越區就讀生派了專車，早晚接送。在專車上，我和同班的姍姍成了好朋友。她拿著《唐詩三百首》和我在車上你一句我一句地每天背誦，我們也囫圇吞棗地跳讀《紅樓夢》和《七俠五義》。我一生都感激她為我揭露了中國詩詞文學之美。

六年級時，小河成了下水道，家家門前的小橋拆了，成為柏油路。各家的紅漆大門都成了雙扇，竹籬笆成了磚牆，外面塗上水泥，頂上插著玻璃碎片。家家庭院深深。

前院的小溝，爸也用紅磚砌成溝道，再蓋上大塊磚片。我常偷偷地掀開磚片，看著鵝卵石上流過的潺潺溪水，追憶我曾經小河淌水的童年。

大蘋果的滋味

在童話故事裡，白雪公主咬了一口紅艷的魔法蘋果後，立刻沉睡不醒。別名大蘋果的紐約也讓曾經在此生活數年的我在離開多年後，還像中魔法似地，依然難忘箇中的滋味。

那年從中西部獨自坐著灰狗到紐約。一過了紐約中城隧道，觸目都是摩天高樓，全車旅客都不禁驚呼起來。大家都像鄉巴佬進城一樣，對著高樓指指點點，讚嘆不已。有一個老美直著嗓子高喊：「這是個偉大的城市！」引起全車旅客一片贊同。這是我對紐約的第一印象，那年我二十三歲。

來紐約之前，我已經熟讀了教育部頒發給留美學生的手冊，尤其謹記在紐約中央公園下午五點以後不得逗留，還有不要隨便踏入哈林區等戒條。從好萊塢的電影裡，我也看到紐約的浪漫、繁華、頹廢及陰暗。儘管如此，我還是又一次受到了文化震撼，其強烈度不比我在中西部所領受的文化震撼低。在俄亥俄州的大學城裡，連居民加學生幾乎都是白種人。黑髮垂肩的我，上街時常有一群白人小孩好奇地在後面追逐，只因為他們從來沒有見過東方人。身為系裡唯一的非白種人，我純黑的頭髮常是同學們讚嘆的焦點。這種景觀和紐約的民族熔爐完全不同。

從灰狗站走出，站在曼哈頓市中心，看到滿街各式各樣的人種，在街上疾行著，趕赴他們的下一個目標。擁擠充塞在街上的車輛中，有許多黃色計程車。我揮手招來一輛，在心裡向清淨美麗的中西部作別，奔赴我未可知的前程。

以後的幾年，我踏遍了紐約的大街小巷。第一年住在布朗士區，興致來時，常走路上下學及在悠閒的午後造訪著名的布朗士動物園和植物園。那時大熊貓出口的不多，在美國只有三所動物園受到贈與，布朗士動物園是其中之一。我那時對於做動物行為學家及生態學家深感興趣，動物園常令我流連，忘卻四周的繁囂及生活的寒傖。

在曼哈頓上城沿中央公園有好幾座博物館入場卷是免費的。我在自然歷史博物館吸收知識，在美術館欣賞名畫，在大都會博物館見識世界各地的文明精華。我常站在莫內、雷諾瓦、米勒和各個名家的畫前，享受片刻的靜謐。也曾雜在參觀人群裡，見識古埃及法老的木乃伊及殉葬品的輝煌，在同樣的地點欣賞其後展出的唐三彩兵馬俑。街上小販的一客酸菜熱狗或義大利圈餅就是我的午餐，我那點微薄的助教獎學金讓我精神上過得很富足。逛完博物館，沿著公園大道瀏覽名店櫥窗，經過第凡內珠寶店，心底不起一絲漣漪。

省吃儉用加上星期六教中文班的外快，讓我偶爾可以奢侈一下：林肯中心看芭蕾、百老匯看歌舞劇、麥迪生廣場花園聽演唱會。我清楚地記得看尤勃連那演唱《國王與我》，和參與約翰丹佛演唱會時的興奮。我那時結識一位在茱莉亞學院攻女高音的朋友，讓我見識到歌劇的美妙。她結婚時，她的同學們在哥德式大教堂的婚禮獻唱有如天籟。

第二年住在皇后區，坐地鐵通勤曼哈頓上城。每天來回共三小時的車程裡，有看不盡的紐約眾生相。大部分的乘客都是一卷在手，對周遭不聞不問。偶有沿著車廂乞討的或獻唱的，紐約客都有老僧入定低首垂目的本領。皇后區的地鐵行於半空中，風雪日在刺骨寒風裡等久候不至的地鐵，使在亞熱帶長大的我苦不堪言。但風雪自有它的美麗，尤其是在皇后區。皇后區多是兩三層高的紅磚住屋，大片大片的白雪把每一家都妝點得有如童話世界。我那時住在不見天日的地下室，推門外出時常發見門推不開，才知白雪寂寂不知下了多久，茫茫大地一片粉妝玉琢。春天的皇后區夾道花樹繽紛香氣襲人，植物園更是櫻花綻放。

學校在曼哈頓西城，附近治安很差，離哈林區也近。校園內氣勢宏偉的建築圍繞著石階起伏的廣場。廣場一角的思考者雕像是學校的標誌。東亞圖書館中文藏書豐富，除了經史子集外還有大量在台灣看不到的三十年代的文學經典，而各式各樣免費的中文報紙更是留學生的恩物。中午時，我常拿著一份剛烤的希臘羊肉捲餅（Gyro）或是熱呼呼的義大利臘腸麵包（Hero）坐在廣場台階上大快朵頤，吃完後拍拍牛仔褲上的殘渣，逕往東亞圖書館去看當天的報紙，真是不亦樂乎。

學校裡風氣開放，中國同學們更是政治思想開放。左派右派加上台獨，各個同學會都辦得如火如荼。我被左派同學拉去看樣板戲，聽《黃河大合唱》。

也見習右派同學的政治討論會及三民主義大同盟。我當時曾和一位獨派同學約會過，記得他曾興奮地朗誦他在《星島日報》副刊上發表的新詩，內容充滿了鄉土之情和直譯的台語。雖然他發現我台語程度很差之後就興致大減，我倒是因此對寫詩產生興趣，常趁坐地鐵時構思打草稿，到了實驗室再謄寫在稿紙上，寄到星島副刊。因為初試新詩得蒙發表的陶然，也使我幾乎轉系唸文學。

兩百週年美國國慶日，紐約盛況空前。我陪一位遠從舊金山來的朋友在中央公園免費欣賞由魯賓斯坦指揮的交響樂演奏，擠在人堆中看殖民地時代的各類帆船在哈德遜河上徐徐地揚帆展現。那個暑假我忙著招待一批批從四面八方來紐約玩的朋友，攀登帝國大廈、世貿大樓和自由女神像。我快樂地帶著朋友逛梅西百貨公司，下中國城採購及祭五臟廟大快朵頤。逛時代廣場則十分尷尬，舉世聞名的景點盡是色情電影院和色情商店，算是另類風情。

第三年在曼哈頓東城唸書，拿著全額獎學金不須做事。公寓在學生宿舍第十樓，有一整面臨街的大窗。我常憑窗外望，看腳下熙來攘往的人群。晚上點起了燈唸書，看著對面高樓裡亮起的一盞盞燈火，就像一雙雙寂寞的眼睛。千窗對著千窗，相近而不相聞，默然反襯著大都會裡人際之間的疏離。那年暴風雪，全市交通癱瘓，窗外天空蒼黑，地上積雪盈尺，行人絕跡。林立的高樓在雪中更是冰冷森然。

我當時所唸的癌症研究所所長為人熱情謙沖，每年聖誕節前夕都會在家宴請所有的研究生。癌症研究所一年只收十位研究生，所長請客通常全到。所長住在學校旁的高樓樓頂，客廳裡三面落地大窗可以眺望美麗的東河夜景。我們這些窮學生對著璀璨的燈火橋影只有讚嘆的份，也醒悟到原來有些風景是只給有錢人看的。

學校周圍是紐約的高級住宅區，披頭四靈魂人物約翰藍儂當時就住在幾條街外，我曾多次在他所居的樓前走過。那年他遽逝，我已搬離紐約，在千里外輕哼著當年他唱紅的歌，憑弔他也同時憑弔我自己的成長歲月。

愛看電影的我在一家專放經典電影的劇場辦了長期票，經常鑽進鑽出。那次紐約夏天大停電，我正在電影院裡看電影，也和在場觀眾一樣，以為電影斷了片。隨著人潮走出電影院後，才知外面世界幾乎變了天，到處都是搶劫，許多商店瘡痍滿目。黑人、波多黎哥人聚眾在各個街角滋事，我躲躲閃閃地在黑暗中心驚肉跳地費了許久才摸回家。這是我在紐約幾年最恐怖的經歷，比起別人算是幸運的。

在紐約幾年，結識了不少不同種族的男女朋友，使我增長見聞。但隨和的個性也使我幾乎落入陷阱。剛來紐約參加中國同學會的聖誕舞會，一位不是學生的仁兄整個晚上對我大獻殷勤，直到我一位友人看不過去向他喊著：「某某，時間不早了，你該到車站接老婆了！」此位仁兄慌忙離去後，搭救我的友人提醒我紐約敗類很多，尤其對像我這種年輕有綠卡的女生特別感興趣。

紐約中國人雖龍蛇混雜，但當時確也曾結識不少俊彥。不少人學成歸國，成了政壇上或工商界響噹噹的人物。一方水土養一方民，紐約的人文氣息孕育出紐約人的泱泱大國民胸襟。曾在此留學受薰陶的俊彥們，但願他們常保當年的廣闊胸襟。

漸漸地，頭幾年除夕時和我在時代廣場倒數計時的友人都相繼結了婚。我也和一個開了幾千英哩車來找我的男人結了婚，這時我已來紐約四年了。我從單身學生公寓搬到紅磚牆上爬滿長春藤的已婚學生夫婦公寓，開始另一種生活。夏季結束時，他飛回西岸繼續學業，我也回到我熟悉的規律生活。

這一年和美國同學們去了Coney Island，坐了平生第一次的雲霄飛車。其中一位猶太同學年已四十，住在格林威治村，先生是畫家。她住在不起眼的樓房頂樓，有個採光明亮的畫室。我跟著她在紐約下城蘇活區見識，偶爾買些風格特異的小玩意。她還教會我欣賞猶太吃食及風俗。許多年後我在巴黎逛蘇活區，在塞納河見到原始版的自由女神像，這一段溫馨友情也飄上心頭。

一年後，他拿到學位，在明尼蘇達找到工作，到紐約找我。我和他在住處轉角我最愛的咖啡店喝香醇的黑咖啡，吃濃郁的紐約式起士蛋糕。黑咖啡越喝越苦，起士蛋糕也突然油膩，只因我將離開這個城市，像絕大多數的已婚女子一樣，放棄自己的喜好及學業，隨夫遠赴天涯。

離開紐約前夕，我徹夜未眠。晨霧起時，遠處幾隻沙鷗在空中振翅翱翔。我想起那句杜甫的「飄飄何所似，天地一沙鷗」，含著淚水慢慢咀嚼著這最後一口的滋味。

咖啡半生緣

認識咖啡是因為我父親愛喝。從我有記憶開始，每天早晨，我就被滿屋的咖啡香味催醒。樓下餐廳裡，一壺滾燙的咖啡是父親的早點。父親喝咖啡，既不加糖也不加煉乳或奶精，就喝它的原汁原味。趁父親不注意，幼小的我曾經偷偷嚐過一口，卻被它苦澀的味道嚇得立刻吐出來。我不能理解父親為什麼喜歡喝這種苦苦的黑水。雖然我不能欣賞咖啡的苦澀，但是濃郁的咖啡香味卻成為童年記憶裡一種難忘的氣息。

讀大學時，我終於在西餐廳裡嚐到咖啡。那時候，上西餐廳還是很奢侈。我和朋友只能點價目表上最便宜的一項，就是咖啡。一人一杯，兩人天南地北地，從白天聊到黑夜。台北天氣熱，我們點的是冰咖啡，又加糖又加奶，十分好喝。當時的西餐廳很富人情味，喝咖啡外送一小盤方糖、一小壺鮮奶。我們不停地添加，喝得滿口香甜。我們這哪是喝咖啡，不如說是喝含咖啡味的冰奶。西餐廳播放著當時最暢銷的熱門音樂，隨著冰咖啡的香甜，催化著我對美國的幻想。

大三時，交到一位善煮咖啡的朋友。週末晚上，她常以咖啡招待朋友。我們一邊喝咖啡，一邊聊天。當時聊什麼全忘光了，只記得咖啡的香味伴著滿屋笑語，還有燈光下她幫我們添咖啡時甜美的笑靨。大四時，她隨全家移民紐約。兩年後我在她家閣樓上，又喝到她親手煮的咖啡。窗外大雪紛飛，我們聯床夜話，交換來美後彼此的滄桑。吞嚥著熱騰騰的咖啡，我們以友情溫暖了彼此受創的心。

在美國第一次喝咖啡是在麥當勞快餐店。我藉轉機之便在奧克蘭一位父執輩家裡待了一個星期，接受他們全家熱情的款待。父執的三個子女和我年齡相若，每天和我同進同出，做我的義務嚮導。舊金山漁人碼頭、金門大橋、傳統纜車，在在都留下了我們的蹤跡。回到奧克蘭，我們還精力旺盛地在住家附近散步，笑談白天的見聞。歡笑聲驚動了迎面而來的幾個黑人男孩，在擦肩而過時，他們冒出一句「黃色猴子」。我們怒不可抑，回以「黑豬」，並揮手作拳頭狀。黑小孩尖叫著衝向我們，我們迅速跳進停在路邊的車子裡，馳離現場，再轉進麥當勞，喝咖啡壓驚。看著我怡然喝著添了奶糖的咖啡，嚼著法式炸薯條，我那剛共患難的三位朋友堅信我很快就能夠適應美國的留學生涯。

以後的幾年，我幾乎天天和咖啡為伍。喝得是即溶咖啡，早也一杯，晚也一杯。早上是為了清醒，晚上則是為了提神熬夜唸書。為了講求效率，喝得是黑咖啡，當藥喝。學校採取學季制（quarter system），十個星期一季，緊湊得讓人喘不過氣。指定書參考書多得唸不完，加上賴以維生的每週二十小時的助教教學，唸書的時間更少了。再加上每門課都有實驗，結果也都計分，時間更是不夠用。為了維持全時學生身份還不能少修些課。有一學季我修了門電子顯微鏡，為了交出合格的相片，常獨自一人在暗房裡一待數小時。有一回終於趕出了差強人意的結果，走出系館大門，才知外面風雪滿天，不知下了多久。懷裡揣著剛沖好的相片，我蹣跚地在雪中彳亍，終於走回住處時已是凌晨四點。脫掉濕透了的外衣，第一件事就是煮開水沖杯咖啡，好趕著在早上八點上課前看點書，以應付那堂課的隨堂考試（pop quiz）。用凍僵的手握著咖啡杯取暖後，再灌下咖啡努力和瞌睡蟲作戰。期末考時，班上兩位同學缺了席，鄰座同學悄悄地告訴我，這兩位同學是因為對付考試用藥過多僵了（get stoned）。我可愛的黑咖啡對我則無任何不良副作用。

嫁了位不喝咖啡的老公，咖啡漸從我家裡的櫥櫃消失，改移在我自己的天地裡。一早到辦公室，我就和同事們喝咖啡聯誼。同事們人手一杯，配上多納甜餅，開始新的一天。下午三點左右，同事們又捧著自己的咖啡杯，到咖啡壺邊集合，享受片刻的休閑（coffee break）。咖啡粉是大家集資買的，每次由秘書小姐買不同品牌讓我們換口味。咖啡壺旁則常貼有大字報，上書「你媽媽不在這裡！」，這是暗示各位癮君子自己清理殘渣。遇到同事慶生，蛋糕配上咖啡，大家更是吃得笑咪咪。

懷孕以後，戒了咖啡。直到那年舉家上巴黎，在香榭麗舍街上聞到街頭咖啡店的芳香。我說動了老公，牽著兩個小女兒，就在巴黎街頭品起咖啡。四月的巴黎繁花似錦，街道寬敞軒亮，紳士淑女悠遊其間。花香酒香加上咖啡香，中人欲醉，我幸福地享受著喝咖啡的情趣。

生過孩子後，我的體質改變很多。身體由弱轉強，由寒變暖。惟一遺憾的是竟然對咖啡敏感，一喝就瀉肚子，而且隨著年歲愈演愈烈。和咖啡的半生緣自此結束。

前幾年我搭上網路列車，放下C++軟體語言改用Java寫程式。Java是一種網路軟體語言，也是咖啡的別名，發明這套語言的仁兄必定是位咖啡迷。我的電腦屏幕上是一杯杯冒氣的咖啡，手底下也一行行打著Java裡各種咖啡豆的名稱，只是這些虛擬的咖啡豆沒有任何香氣。

不喝濃郁的咖啡以後，我改喝白開水。正如我中年以後的人生，清淡如水，無色也無香。也許，這就是幸福。

樹已成蔭

在這條街上一住十五年，曾無數次在此街道上躑躅，更愛在每個秋季裡看兩旁行道木樹葉飛霜。

當初選中這棟房子，除了喜歡社區的嶄新，更愛上鄰近的公園和小學。想像著每日牽著兩個小女兒上學或到公園散步的便利。但現實生活的繁忙步調，使我從來沒有牽著女兒小手上學的從容。每日總是匆匆把女兒裝進車後座，快速地在上課鈴響前送進教室，再掉頭駛向自己的辦公室。下午再趕著在六點以前從課後托兒所把已待了一下午的女兒們接回家。每天的流程總是如此地分秒必爭，牽著女兒小手散步上下學成了永遠不曾實現的夢。

剛搬來時，兩個女兒分別是七歲和五歲，像兩朵稚嫩的蓓蕾，在家門前車道及人行道上學騎扶手上有流蘇的三輪腳踏車，傍晚時份再快樂地和我們一起往公園去。我們一路漫步，一路照看著向我們炫耀騎術的女兒，來到公園的溜滑梯和鞦韆架前。我們推著鞦韆架，讓女兒越盪越高。我們在溜滑梯下喝采，鼓勵女兒越爬越高。陪女兒在公園裡嬉戲，常惹來美國銀髮老太太的艷羨：「好好珍惜眼前的美好（enjoy them while you can）！」我們似懂非懂地在一旁傻笑，只盼著繞膝的一雙女兒快快長大。

再兩年，女兒們已經能在雙輪自行車上飛馳，我們則跟在車輪後面慢跑。到了小學的操場跑道，順著跑道兜圈子。女兒們越騎越快，我們的腳步漸漸跟不上了。不知從什麼時候開始，女兒們寧可待在家裡自得其樂，也不願意和我們出門散步了。傍晚散步成了專屬我們夫妻的活動。

即使如此，能出門散步還是種奢侈。丈夫一頭栽進矽谷的創業熱裡，使我的生活更像陀螺般打轉。偶爾在接送女兒鋼琴課的空隙裡，隨意抬眼望向天上一輪明月，才驚覺又是中秋了。

陪女兒散步的機會屈指可數，只剩下每年的萬聖節。在十月底的深秋裡，牽著裝扮成童話角色的女兒們，邁向鄰居的大門，一家又一家。我們站在門階下人行道上，向開門布施糖果的鄰居含笑點頭，看著女兒怯生生地喊著：「不招待就搗蛋（trick or treat）！」後的焦急企盼。微笑地等著笑靨如花的女兒兩手捧著剛收到的糖果，小心翼翼地放進南瓜袋裡，再領著女兒蹦蹦跳跳地向另一家燈火輝煌處走去。這樣的秋日散步，是精神和糖果的大豐收。

女兒進入青春期以後，連這樣的機會也成了絕響，人行道上只有我倆偶然攜手散步的身影。後來他成為台美兩處的空中飛人，女兒們離家唸大學，人行道上就只剩我的孑然身影。

自個兒散步有不同的情趣。沒有了兒女的牽掛、同伴的分神，我才能真正全神貫注於散步本身，把它當作人到中年最好的運動。清晨起來，我便輕裝上路，一路瀏覽每家院落的鳥語花香，往公園方向走去。到了公園，再在小徑上疾行，偶而和迎面而來的同道含笑打招呼。

公園不大，但整治得精美。運動設施有籃球場、網球場，加上大片草地可作足球場和棒球場。秋天是足球季節，草地上經常翻滾著穿著全副鮮艷球衣的少年們。籃球場和網球場也不寂寞，球聲和跑步聲中夾雜著叱喝聲。公園北面有幾排榆樹成蔭，經常有中國人在樹下打太極拳或練柔軟操。鄰近野餐區旁有桑樹遮陽，成了一群老中跳元極舞的場所，紅衣白褲襯著綠樹雲天，更顯得亮眼活潑。八角形的涼亭碩大清幽，常見法輪功弟子在其內打坐練功。不同的人種各作著自己喜歡的運動，平行而不相悖，兼容並蓄一如美國的文化。

一個秋日裡，我收到剛唸大學的小女兒寄來的卡片。黑白畫面上是一隻肥嫩的小手緊抓著一隻顯然是母親的食指。女兒懷念被我牽手走過的歲月，也願永遠執著我的手，更會在我需要時向我伸出扶持的手。我噙著淚一遍遍讀著女兒甜蜜的字句，重溫著初見她蹣跚學步的欣喜和不曾牽手散步上學的遺憾。

是一年秋風，他結束了台灣的工作，如倦鳥般回了巢，我們又恢復了晚飯後出門散步的習慣。還是同樣的街道，同樣的公園，只是當年的樹苗早已成蔭，而我們也走進了人生的秋天裡。遠遠瞧見一對中國夫妻牽著小女兒散步，熟悉的畫面讓我們不禁相對莞爾，好想走過去請他們珍惜眼前的親子時光。

涼風吹落秋實滿地，我低頭拾起一顆在手裡把玩，心裡默讚著天涼好個秋。

溫馨書店情

剛開始逛書店也許只是因為方便。學校在法院對面，放學回家時公車永遠是擁擠的。為了能順利搭上公車，只得穿過總統府廣場，到前一站衡陽路等車。在等車時無聊，順便走入附近重慶南路上的店舖張望。這一逛就讓我泥足深陷掉進去了。

當時的重慶南路書店如林，各有特色：有的專賣大專課本及各類參考書、有的專賣各類經典名著及通俗小說、有的專賣少年讀物。家家琳琅滿目，引人入勝。我就像劉姥姥逛大觀園，只覺樣樣新奇有趣，可又件件買不起。只得放下沈甸甸的書包，抓著新書就地速讀。等到闔上書本，發現天色已黑，再急忙跳上不再擁擠的公車回家。

最常光顧轉角的那家出版社。硬殼精裝的章回小說整齊排列在書架高處，黑底燙金的書名包含著穿越時空的瑰麗神奇；平裝的翻譯小說放在書架觸手可及處，浪漫的封面設計引人遐思。暢銷書和磚頭般的言情小說則堆在書店最醒目處。我欣然翻閱各類書本，在書店裡面一待數小時，忘情地沉浸在書本所織就的天地裡。能不花分文而坐擁書城，是我的福氣。即使兩腿站得又痠又麻，也值得。

書店老闆四十許人，沉默地坐在書店一角低頭看書，偶爾抬眼打量自己的店面，也儘是些如我一樣，不花錢看書的高中生。應該有買書的顧客吧，否則怎麼維持。不過，當時的我怎麼也不會考慮到他的立場。

一天，兩天，一星期，兩星期，一個月，兩個月。我一本接一本地在書店裡旁若無人地閱讀。那天下午，我從《官場現形記》裡醒來，天色尚白，再泅泳於《茵夢湖》中。等到再次悠然醒來，臺北的天空已漆黑如墨，雷鳴電閃後下起滂沱大雨。我頹然從騎樓退回書店，打算再待到雨停才走。回到我常佇立的角落，竟發現不知何時安置了圓板凳。我赧然地看著在櫃檯後的老闆，他仍然面無表情不發一語。

那天以後，我轉到牯嶺街舊書攤逛，有時也買書。偶而受不了誘惑，會再踏入轉角的那家出版社，又拿起羅列其中的新書翻閱。不過都是臉紅心跳地淺嚐即止，不至於把人家的新書翻成舊書，把作生意的書店當成公共圖書館。

逛舊書攤最大的收獲是買到撤退前大陸出版的書籍。翻閱曾被擁書者珍藏的經典著作，能從眉批裡讀到書本的滄桑及前人的心得。相對於書店的冷清，舊書攤上倒是熙來攘往，門庭若市。只是牯嶺街並不在我上下學必經之處，只有週末才特意前往，沒有了那份逛衡陽路書店的隨意。

文星書局被查封，書籍大賤賣，是我輩窮學生的福音。我和哥哥用光了我們身上每一分的零用錢，換來了幾本李敖和殷海光的著作。加上逛舊書攤買來的《自由中國》雜誌，我在燈下熱血沸騰地拜讀。在那段青春叛逆的歲月，我崇拜所有反抗傳統的悲劇英雄。

來美以後很長的一段時間，到書店純為買特定的書本而去，抓到目標就付帳，沒有絲毫閒逛的興致。偶爾買上一兩份精美月曆或日曆，如此而已。忙碌的日子裡看閒書成了奢侈。常光顧的書店由專賣各類教科書到專賣電腦科技書籍，這類書店裡除了書本還是書本。

漸漸地，生活裡有了喘息的餘裕，這才發現書店風貌的改變。「Barnes and Noble」裡可以悠閒地喝咖啡，中國書店裡兼賣起唱碟ＣＤ、ＶＣＤ連續劇，和ＤＶＤ影片。以電腦工業著稱的矽谷不是文化沙漠，各式各樣的書店很多。每一座購物中心必有書店，同樣地每一座大型中國商場必有一家書店。每一家中國超級市場旁也有書店作伴。

書店裡汗牛充棟、五彩繽紛，除傳統的文藝書籍外，更有生活上各類的指南。有令人垂涎的食譜、圖文並茂的旅遊，和包羅萬象的命理占星術。還有各個當紅人物的傳記、寫真集和八卦。即便如此，逛書店的人口還是急遽凋謝，越來越多的人們選擇上網瀏覽群書和購書。還有人先去逛書店，看中某本書籍後再上網以更經濟的價錢購買。

隨著經濟的不景氣和讀者習慣的改變，一家家的書店逐個關了門。《Notting Hill》（新娘百分百）電影裡書店老闆和美麗女影星譜成的溫馨故事將永遠成為傳奇。

住處附近有兩家中國書店。設在生意火紅商場裡的那家，經常成為我飽啖之餘散步消食的去處。另外那家設在超市裡，是買菜之餘調劑身心的好所在。

將食品購物袋裝入車廂後，我偶爾也會返回超市晃進書局去蹓躂。那天我閒逛後，買了本小說，又看見店裡兼賣茶花籽油，不禁好奇地向櫃檯後的女人詢問此油的效用。

書店櫃檯後的女人好脾氣地邊解說，邊把我的書仔細包好，又送了我一個精緻書籤。我向她凝目望去，突然想起多年前那家書店櫃檯後的身影，還有那段對書本如飢似渴的黛綠年華。

那天我走出書店，手上拎著一罐茶花籽油和一本書。

人去巢空後

做了母親以後，生活就像一枚隨著慣性不斷旋轉的陀螺，直到有一天驚覺最小的孩子也振翅離巢了。

早在孩子剛進入青春期，我就陸續上過一些心理講座也曾翻閱過幾本關於調適中年的心理書籍，對於中年危機也有相當的認識。即將來臨的空巢期是中年一大危機，特別是對女人。偶然和已進入空巢期的朋友閒聊，也常從言語中體會到她們曾有的失落。她們走過短暫的失落，在人生的下半場活得更自信、更亮麗。

雖然作了這些準備，輪到自己滑入空巢期時，心頭還是別有一番滋味。

那是個早秋的傍晚，我走入剛離巢進大學的孩子房間。看著靜靜的四壁和難得整齊的傢俱和地面，我對自己說，終於自由了。一個鐘頭前，我還在孩子的校園及宿舍裡滿頭大汗地來回跑著搬行李加上安電腦電話的，忙這弄那，直到確信一切搞定才打道回府。

在開車回家的路上，我就不斷地提醒自己，終於可以做自己喜歡的事了，終於可以為自己而活了。首先得做個大掃除，整理堆積各種什物的車庫，檢視臥房衣帽間裡十幾年沒有打開的箱子，替屋子裡各個死角撣灰，擦亮屋外經歷多年風雨的玻璃窗，理清屋內擁擠零亂的抽屜及拂拭蒙塵多年的書籍和歸檔堆積如山的剪報還有成疊待理的相片。這都是多年來早就該做卻一再延宕的事，第一順位永遠是有關女兒們的大小瑣事。只是這些和孩子有關的瑣事也足以讓我下班後人仰馬乏，沒有餘力再從事第二順位的雜事了。

至於晚飯嘛，再也不必三盤兩碗的弄了，加上老公又不在，根本不必開伙，隨便用微波爐燙個速食麵就行了。週末有大把時間可以看電視選自己愛看的頻道，不必讓給孩子們；可以隨意上網不必等孩子不在；可以扯開嗓子唱卡拉ＯＫ不用擔心造成孩子的噪音。現在我可以自由自在地做任何我愛做的事！

終於自由了，我卻沒有一絲快樂的感覺。整理好最後一件什物，拉好窗簾，再望了一眼記錄女兒生長軌跡的滿壁相片。我木然從孩子房間退出，臉上掛著不知何時流出的兩行清淚。

原來做忙碌的母親也是一種多年培植的習慣，慣性被打斷會使人情緒低落無所適從。被孩子需要也是一種自我肯定，失去這份滿足感也令人喪失自信。綿密的母愛沒有了宣洩的對象，讓生活失去了重心；噓寒問暖無微不至式的母愛需要轉化成從旁輔導亦師亦友的新形式。

在嶄新的習慣和成就感建立前，我需要一點時間讓我揮別過去，勇敢面對明天。

空巢期金科玉律第一條，做完該做的事再做自己喜歡的事。什麼是自己喜歡的事？二十年來，忙得馬不停蹄，那有餘空發展什麼嗜好。就從蒔花弄草開始，學學養蘭吧。或者撿起生鏽的筆寫點雜文，再或許出去旅行遨遊於天地之間，開拓自己的心胸，那點空巢期症候自然就消失了。

孩子不再是第一順位後，能重新省視自己。摘除每日扮演的母親角色，被壓縮的自我又有了伸展的空間。除了善待自己，其他的人際關係也有待灌溉和更新。如果行有餘力，再從自我走向服務人群。

在心裡擬好計劃後，我花了兩個週末大掃除，第三個週末買了一盆彩色斑爛的蝴蝶蘭擺在已變得窗明几淨的廚房，心中昇起小小的滿足。第四個週末在院子裡理好了蔬菜盆（Vegetable Box），撒下了最易生長的韭菜。再下個週末開始作調查，看看那種中文軟體適合自己。在那年黃葉落盡的深秋，我終於踏上尋根之旅，在黃海邊老家見到有生以來始終緣慳一面的叔嬸和堂兄妹們。

一晃快四年了，那天傍晚的黯然神傷再也不曾出現。四年中，我參加了多次旅行，每月有讀書會，每星期上武館打太極拳，在高中校友會做了三年義工，偶而還有塗鴉的文章見報。我怡然享受著空巢期的輕鬆自得。

是春天了，四年前那盆蝴蝶蘭正結著滿莖花苞。春韭長滿蔬菜盆內外，青碧嫩綠正好剪幾莖包水餃。在滿園春色中剪著春韭，我滿腦子想的卻是剛接的一通電話。朋友在電話的那一端抱怨畢業後再度回巢的兒子破壞了她寧靜閒適的生活作息，正琢磨著是否該把他趕出去讓他早日獨立，也還她清靜。

三年前老公結束台灣工作倦鳥回巢後，我曾經歷了一段重新適應期。如今我的小女兒也快畢業了，鳳還巢後，我是否又會適應不良？

出生在50年代

如果十年是一代，和我們前一代的大哥哥大姊姊相比，我們是幸運的一代。沒有戰火，沒有逃亡，沒有顛沛流離，沒有親人阻隔關山難渡的痛苦，最大的威脅只是一關又一關的考試。同樣的，生長在政府剛遷台後的我們，也沒有任何祖國山川的記憶，不是失根的蘭花，沒有那魂夢難遣的鄉愁。

那時的台灣是名副其實的寶島。青山翠谷綠野平疇，土地肥沃漁澤豐富。民風純樸，族群相安。在蕉風椰影下，我們的童年充滿了稻香花香和野果子的清香，我們的玩伴都打著赤腳或穿著木屐在大自然裡追逐嬉戲。我們都會講一點台語，也都會國語，彼此相交毫無隔閡。我們的玩具是自製的，橡皮筋連成一串跳繩，一把小石子或沙袋組成丟擲遊戲，樹葉和花瓣扮家家酒，竹筷搭成槍用橡皮筋發射紙彈。我們收集吃過的糖果紙，用家裡的克寧奶粉空罐向收破銅爛鐵的小販換麥芽糖。我們玩周圍塗了蠟好不被掀翻的圓牌，在青草地上賽著放自己糊的風箏。我們白天捕知了抓金龜子，晚上捉螢火蟲和蜻蜓。我們在清澈的溪流濯足捕蝦，在碧綠的河水裡游泳消暑，在隨處可見的防空洞裡躲迷藏。

雖然大人禁止，我們秘密交換著看漫畫書。最搶手的是葉宏甲的諸葛四郎加真平，劉興欽的阿三哥及大嬸婆，和陳定國的孟麗君及呂四娘。我們白天繞著收音機跟著白銀阿姨手舞足蹈地唱童歌和民謠，夜晚和家人守在收音機旁聽中廣廣播小說。崔小萍導播，李林配音，趙剛和王玫演出一齣齣精緻好戲。《雙槐樹》、《釵頭鳳》、《趙氏孤兒》、《孔雀東南飛》、《紅樓夢》織出中國古典的浪漫淒美；《蝴蝶夢》、《米蘭夫人》傳出英美十九世紀的懸疑奇情。黑匣子般的收音機也傳來颱風警報，一九五九年艾倫颱風在全省肆虐，造成六十年來僅見的八七水災，溫馴的河水泛濫成洪流淹沒家園成為我們童年中難忘的驚悸。

我們用抽水機打水，放明礬澄清後再擱在煤炭爐上燒開。一個個多孔的大煤球煮出有鍋巴底的飯和菜多肉少的三餐。一粥一飯當思來處不易，一邊聽父母唸著吃樹皮挖草根生活在水深火熱之中的大陸同胞，一邊拾起掉在桌上的飯粒往嘴裡送。在溪邊把南僑肥皂抹在衣服上用洗衣板搓洗淨後，再搭在自家日式房院內繩竿或竹竿上晾曬。街上的媽媽姐姐們都撐花洋傘穿旗袍，為牛車、腳踏車、三輪車構成的街景添上美麗的顏色。

小學課本裡有國仇家恨「海峽的水，靜靜地流。上弦月呀月如鉤！勾起了恨，勾起了仇」，也有天倫親情「天這麼黑，風這麼大，爸爸捕魚去，為什麼還不回家？」「我的好孩子，爸爸回來了，滿船魚和蝦，你看有多少？」當然還有各種中外偉人的故事鼓勵著我們要立志做大事，不要做大官。那時的教育主流還是不打不成器，我們經常在學校裡吃竹筍炒肉，手心被老師打得通紅，初中以後體罰才被禁止。但一般父母還是相信棒頭下出孝子，鄰居們常隔著竹籬笆互相傳來呼兒斥女藤條竹尺笞責子女的聲浪。

看電影是最時代的享受，儘管那時的電影多半是黑白片。全家坐著三輪車往台北西門町戲院趕場看首輪是件大事，雖然西片內容配上中文字幕常常看得不甚了了，卻記得在戲院裡舔小美冰棒和福吉雪糕的甘甜。看得最多的還是國片，尤其邵氏及電懋的電影，我們對當時的男女明星如數家珍，因為月份牌上都是他們的玉照。其中樂蒂和林黛都在三十左右盛年香消玉殞，更使我們難忘她們在《倩女幽魂》裡的冷艷及《江山美人》裡的明媚。我考初中那年台北市中聯招國文考題是「假如教室像電影院一樣」。第二年李翰祥導演的《梁山伯與祝英台》造成空前絕後的轟動，時年十二歲的我對片中黃梅調插曲琅琅上口，終生不忘，勝過任何國文課文。

裝第一架電話及電視都是我們當時每家人的大事。電話對尚年幼的我們用處不大，但黑白電視機卻很快地取代了收音機。夜晚全家盯著只有一個台視頻道的電視機直到唱國歌，電視影集和卡通片也取代了童年的廣播小說和連環圖畫。《姊妹花》（The Patty Duke Show）、《青蜂俠》（The Green Hornet）和《篷車英雄傳》（Wagon Train）擠走了《孟麗君》、《諸葛四郎》和《兒女英雄傳》，成為我們的新寵。冰箱也進入新紀元，不再需要工人每天送一大方草繩吊著的冰塊，新的電冰箱自己會製冰。

我們是瓊瑤的第一批讀者，從《窗外》到其後的每一部作品都是我們的最愛。我們後來成為瓊瑤電影的基本觀眾，多年後再成為連續劇的熱心支持者，雖然我們早已不再相信唯美的愛情。我們也看別的作者的書，張愛玲、白先勇、余光中，甚至李敖、殷海光和存在主義，再加上中外現代和古典文學名著。少年的我們口味不拘，像海綿般吸收著各類讀物讓書本啟迪著我們的思想。

高中時站在總統府廣場上參加萬人大合唱給蔣總統祝壽，唱著民族救星時代舵手，喊著勿忘在莒反攻大陸，從來不曾深思背後的涵意。我們是在寶島出生，由國民黨哺育的一代。從小愛看熱鬧的雙十閱兵及雷虎小組飛行表演，從來不曾和戰爭作任何聯想。三民主義背得滾瓜爛熟，只為大專聯考拿高分。

讀大學才脫下自國小時就穿上的制服，讓頭髮在男生的和尚頭和女生的清湯掛麵頭上蓄長。男女分校六年後，終於不再有髮式和交友的禁忌。留聲機的唱片從厚重的七十八轉改成輕巧的三十三轉，我們穿著迷你裙和喇叭褲搖擺著跳扭扭舞。我們的歌換成披頭四（Beatles）的吉他和貓王的搖滾樂。一九六九年我們流著淚激動地看人類登陸月球和臺中金龍隊在美國獲得世界少棒冠軍的電視實況轉播。尼爾阿姆斯壯（Neil Armstrong）替人類跨出了一大步，金龍隊替中華民國揚眉吐氣。

大學快畢業時，我們忙著考托福、GRE、留考、預官及各種專業考試。我們是考試經驗最豐富的一代。在留美潮流中，許多人從留學轉成學留，懷著永遠的文化鄉愁在異鄉扎根。更多人留在島上胼手胝足，成為社會的中堅參與臺灣經濟起飛、政黨輪替，見證物質從貧乏到富足。

回頭來看，我們這一代的祖先都來自唐山，也許三百年前，也許數十年前。我們雖有祖籍，卻沒有故鄉的記憶，就像蒲公英的種子吹落在哪裡就在當地生根，我們其實是落地生根的一代。我們成長的氛圍造成了我們的價值觀，其中包括勤勉、節儉、刻苦和樸實。我們或曾在西風東漸中短暫迷失，但都走出徬徨少年時，長成融合東西方思維的現代人。

戀戀一世鶼鰈情

年少時，對地老天荒同生共死的愛情深深地著迷。最喜歡看描述世間痴情男女的小說和電影，及那首情詩：「我欲與君相知，長命無絕衰。山無陵，江水為竭，冬雷震震，夏雨雪，天地合，乃敢與君絕。」各種悠遠綿長海枯石爛的情愛穿越不同的時空，讓我痴迷感動。

我常在電影院裡邊唏噓邊看戲。《太陽浴血記》裡，男女主角臨死前在山岩上彼此爬向對方；《梁山伯與祝英台》裡，祝英台哭墳後走進梁山伯崩開的墓穴合葬；《羅密歐和茱麗葉》裡，茱麗葉以匕首自盡後倒在剛斷氣的羅密歐身側。年輕戀人間的愛情似猛火烈焰，又如狂風暴雨般動人心魄。

我常邊翻書邊落淚。《紅樓夢》、《茵夢湖》、《少年維特的煩惱》、《咆哮山莊》等各種愛情文藝小說的書頁上，有我灑落的同情之淚。問世間情是何物，直教生死相許！沒能結成夫妻的淒美愛情，成了膾炙人口的悲劇，賺取了像我這類迷戀浪漫愛情的影迷和書迷大量的熱淚。

剛結婚時，深深嚮往你儂我儂生死不渝的夫妻情。愛情在現實生活裡容易磨損得黯然無光，比翼雙飛舉案齊眉的恩愛彷彿沙裡淘出真金般可貴。回想起高中課本裡的漢詩〈孔雀東南飛〉，焦仲卿和劉蘭芝夫妻間情堅執著，被迫離婚後以殉情的方式再續白首盟，他們「蒲葦韌如絲，磐石無轉移」般的愛情千古傳頌。又想起南宋文學家陸游，被迫和表妹唐婉離異後，在沈園偶遇時彼此用〈釵頭鳳〉填詞所傳送的哀怨深情。矢志不移的夫妻情並非千古絕響，六十年代台灣名經濟學者劉大中，得癌症後與妻子戢亞昭在康乃爾大學山麓下，綺色佳湖畔的假日旅館，雙雙飲藥自盡，不讓古人專美於前。

相對於少年人火山爆發似的情愛，成年人折翼失偶的愛情故事如淒風苦雨般纏綿悱惻，讓當時年事尚輕的我低迴詠嘆。

在婚姻路上摸索前行多年後，對愛情不再有任何幻想，只是柴米油鹽地過著尋常日子，即使每年一度的結婚日也平常對待。住在生活步調特別緊湊的矽谷，浪漫情懷早隨著流逝的青春消失在貧瘠稀薄的空氣中，直到有一天接到一封邀請卡。

一對基督徒友人要在上百賓客及親友見證下，在神前重宣二十五年前的誓言，今生今世不離不棄。啊，這才是真正的浪漫，猛火烈焰和狂風暴雨似的少年激情，只留下灰燼和殘破，帶給周遭人永久的傷痕和痛苦。情深緣淺的夫妻，逝者已矣而生者何堪，空留下悽悽慘慘戚戚。只有情深緣亦深的夫妻經營出的和風細雨，才能細水長流，才能為彼此帶來真正的幸福，而成為親朋好友的祝福。

這對朋友當眾宣佈，他們銀婚的秘訣在於相信愛是恆久忍耐，又有恩慈。本著凡事包容，凡事相信，凡事盼望，凡事忍耐的信念一路走來，終成今日人人艷羨的佳偶。我和他慚愧地對望一眼，回顧多年來生活中不斷的爭吵齟齬，支持我們婚姻的元素又在那裡？記得三年前在報上讀到詩人紀弦伉儷慶祝七十週年月岩婚，這對神仙眷屬的生活秘訣也是忍讓。相戀容易相處難，生活裡每天都是功課，夫妻情緣原比戀情難修。

兩天後傍晚，我和他坐在家裡聽音樂。光碟機播放著那首〈最浪漫的事〉：「我能想到最浪漫的事，就是和你一起慢慢變老，一路上收藏點點滴滴的歡笑，留到以後坐著搖椅慢慢聊……直到我們老得哪兒也去不了，你還依然把我當成手心裡的寶。」我們聽了一遍又一遍，就這樣一起慶祝著我們的銀婚日。

戀戀一世鶼鰈情，原來浪漫就是包容忍讓，珍惜彼此，攜手平平實實地過日子，幸福就在自己手裡。

記得當時年紀小

女兒小時，常常央求我告訴她們我自己小時的故事，尤其是發生在小男孩和小女孩之間的。望著眼前一對小女兒晶亮的黑瞳，齊眉的留海和油亮的麻花辮，我想起自己小時的身影。

小學一年級發生的事很模糊，只有片斷的記憶。爸媽把我送入住家附近一所以升學率著稱的私立小學，入學考試大概表現不錯，我跳過幼稚園直接讀一年級。因為年紀小身量矮，坐在第一排，每天圓睜著一雙眼盯著老師上課。有一天導師到家裡訪問，爸爸和她爭辯。我躲在屏風後聽到白癡低能影響學校升學率等字眼，我爸氣得一疊聲地喊傭人送客。第二年我就轉到離家不遠的國民小學，所有可能轉述給女兒的故事都在這裡發生，因為五年級時我又轉到城裡一所男女分班升學率高的小學，從此和男生絕緣直到上大學。

那三年是我一生中最無憂無慮的日子。我成天到小朋友家串門，他們的爸媽從事各行各業。在他們家裡，我聞到鞋店新皮鞋的氣味，米店新春稻米的清香，醬菜工廠缸裡的醃漬醬菜香和中藥店的藥草香。

在學校裡，我常圍在阿芳身邊，聽她轉述她日裔媽媽講的日本童話，看她日本阿婆寄來的小陽傘。我更常圍在男生堆裡，和他們你推我擠地搶看漫畫書，一起玩小石子和圓牌，一起在操場上躲貓貓。放學時，級任老師要求我們每一對鄰桌的男女同學列隊排好，再手牽手走出校門。那時的男生和女生整天玩在一起，純真的心裡沒有一點男女之別。我鄰桌的小男生阿龍，皮膚白白的有一對黑亮的大眼睛，我和他就像哥兒們一般要好。

到了四年級，男生女生開始壁壘分明。要是有男生和女生併肩，就有人充滿正義感地以食指劃臉大聲數落：「羞羞羞，不要臉，某某某愛女生。羞羞羞，不要臉，某某某愛男生。愛來愛去要結婚！」阿龍也突然和我拉起距離。有一天國文課教到〈高貴的友情〉，大意是講一對好朋友，甲犯了死刑想回家一趟，乙自動代他坐監，執行死刑那天黃昏，甲拼命趕到刑場及時替換乙，終於感動了法官，把他們倆都開釋了。阿龍非常地感動，下課後找到班長阿雄，兩人指天劃地發誓要做一輩子的好朋友。其實我也非常感動，好想加入他們，但阿龍卻板著臉對我熱切的眼神視而無睹。碰了一鼻子灰的我，只好嘟著嘴跑開了。四年級一結束，爸就給我辦了轉學手續，開始了我以後輾轉在公車上的通學生涯。

在男女分班的城裡小學畢業後，唸了六年女校，又接著上大學。生命的軌跡再不曾和任何一位當年的小學同學重疊，日子呼嘯而過，我成了大四的女生。一個初夏午後，我搭上一班已七成滿的公車，手扶柱子站穩腳步，準備一路晃回家。幾步遠的一位男生從座位上讓起身來，我大方坐下，並送給他一朵感激的笑容。他的臉刹時飛紅，忍了又忍後終於開了口：「請問你是某某國民小學四年愛班的張青萍嗎？」四年愛班是我當年轉學前唸的班級。十二年了，我終於碰到了舊日同學，而且竟然就是阿龍。

阿龍知道所有我就讀過的學校，從初中、高中到大學。他在公車上看到我穿制服戴名牌，從小女孩一路長大；而我在公車上永遠目不斜視，什麼人也看不見。眼前的阿龍只是個陌生人，戴著黑框眼鏡的阿龍，面目和記憶裡完全不一樣。

那天阿龍一路送我回家，我們的話題主要在敘舊。我們都仍住在同一個小鎮上，只是小學同學們的路各自不同。有的小學畢業就進入社會，有的高中畢業就結了婚，還有進了軍校的，考上大學的其實不多。唸台大醫科的阿龍和同校唸工學院的阿雄仍然是朋友，維持著小時候的誓言。

在阿龍的奔走號召下，我們開了第一次小學同學會。對大部分同學來說，這是小學畢業十年後的第一次聚首。我們還特別回到母校校園繞了一圈，當年蓽路藍縷的小學如今已美奐美侖。幾棵我們曾在樹蔭下遊戲，樹皮上刻字的老榕樹在微風中甩著鬚根像是向老友打招呼。聚會結束後，阿龍邀我到他家串門。傳統的三合院古厝清幽雅潔，我們坐在中庭台階上交換著對未來的籌畫。聽到我正準備出國留學，阿龍感嘆著：「我還有三年才畢業，你卻這麼快就要走了。」當時的我心裡滿溢著揚帆待發的喜悅，絲毫感受不到阿龍的落寞。我全部的目光落在太平洋彼岸，對眼前的一切漫不經心。

次年春天我等到了獎學金，雜在松山機場初秋的留美人潮和送別人潮中，拎著個箱子坐上七四七飛機，幾年後爸媽辦了全家移民也到了美國。

每回故事說到這兒，我的小女兒會急得問：「後來呢？阿龍後來怎麼樣？」大女兒會默默地靠在我身邊，眼裡滾著亮晶晶的淚，同樣的故事她已聽過多遍。

我從此在所有的小學同學會上缺席。隨著歲月的流逝，那年唯一的聚首越來越珍貴。童年的情誼就像黃自的那首〈本事〉，偶而在我心頭輕唱：「記得當時年紀小，我愛談天你愛笑。有一回並肩坐在桃樹下，風在林梢鳥在叫。我們不知怎麼樣睡著了，夢裡花兒落多少？」

一晃眼三十年過去了，我的青春也如花兒一般落了。一對愛聽故事的小女兒都已二十初度，像盛開的花朵，急著展開自己的故事。小學同學除了阿難和小瑤，我再也沒見過其他人。也許相見爭如不見，就讓童顏和青春剪影永遠停格在彼此的記憶中。

山戀

不知什麼時候開始眷戀上青山的。其實我在海邊出生，但對大海卻既憧憬又畏懼，只敢遠遠地在沙灘上拾貝殼或坐在礁石上觀海聽潮，從沒有一絲潛泳親近的意願。對山則不然，很小的時候就愛和玩伴們爬山。在山坡上拔野菜採野果，山澗裡捉蝦摸魚，高樹上黏蟬捕金龜子，暢快之餘再把山上好玩好吃的東西帶回家慢慢享用。每一趟青山行，都歡唱豐收，點亮我的童年。

初中起有了自行車，我更把台北盆地四周許多的青山踏遍。心情低落時，獨自遠征至新店碧潭，讓青山綠水洗滌我少不更事的煩惱；心情愜意時，則和小我兩歲的妹妹就近爬圓通寺。我們兩人兩騎，疾轉著車輪來到山下，放好車子後再爭先恐後地登階梯。衝到山頂後再悠然地遠眺台北市，閒話少女之間聊不完的瑣事。下山途中，哼著歌彎到菜市場，照著母親的吩咐買了絞肉、蔥蒜、蝦米和大白菜，好回家包一頓好吃的餃子。

大學時加入登山社，嚮往自以為征服群山的豪氣。在深山裡和男女社友香甜地吞嚥著因氣壓低而煮不熟的生力麵，用茶碗喝著米酒配花生米暖腹，大夥在星光下坦誠剖心，毫無距離，更在相互扶持著爬上玉山頂峰後成為知己，親切地拍著彼此的肩膀互稱山胞。我幾次參加救國團辦的暑期活動，也專挑登山健行。大一暑假在台中到花蓮橫貫公路上健行七天，一路上領受中央山脈的雄偉、橫貫公路的險峻和同梯次夥伴的友誼，成為永留心中的一道風景。大四寒假裡和幾位同班同學爬宜蘭太平山，山中數日裡的交談竟比同窗幾年還多。

同在一起爬過山的異性朋友回到台北後偶而見面，常覺恍如隔世。世俗社會觀造成跨越不過的距離，如高山般橫亙其中。我們彼此穿戴整齊，拘謹地談著不關痛癢的話題，小心嚴守著彼此的分際，淡淡地互道再見，再後悔這多餘的見面。我們在山上時，彼此沒有距離；遠離高山時，山卻擋在我們心中。

到了美國之後很少爬山，只在都市叢林中披荊斬棘，爭取生存。幾年後我結了婚，他的名字裡有一個山。我對他說，我的夢之屋在山邊，好開門見山、開窗挹翠，又有可愛野生小動物來訪。他和我爭執山上溼氣重、地基不穩，斜度停車傷輪胎，會有土石流，還有蚊蟲蛇鼠不請自來。

雖然不住在山上，倒是隨處可看到山。住在四面環山的谷地，從自家也可以看到遠山。把膠著的眼光從書桌上的電腦移開，窗外青山襯著近處花木立刻溫柔地洗滌著我困倦的雙目。在後院徜徉時，看著連綿的青山也似乎有幾分詩人的悠然。就連偶然在高速公路上遇到塞車，抬眼望望眼前的青山，心情也從煩躁轉而平和。山就像忠實的情人，默默地守著我，給我慰藉。

近些年和朋友們去了幾趟神州看大山大水，最快樂的時刻是在寧靜大山裡。那天帶著剛從衡山祝融峰頂佇足觀景的興奮，沿著青石小徑拾級而下。空山不見人，我們幾個徜徉在雲霧飄浮的山徑上，聽著松濤鳥語合奏的清音，聞著山花的馨香，戴望舒的那首詩〈山行〉飄上了我的心頭。

……我們彳亍在微茫的山徑，
讓夢香吹上了征衣，

和那朝霞，和那啼鳥，
和你不盡的纏綿意。

我不自禁地唱起歌來，周圍的朋友也加入，聲音越傳越遠，加入的朋友也越來越多。我在男女混聲中放聲高歌，就像年少時在山徑上一樣。我們就這樣一路歡唱著下了山。

到了山腳我才發覺其實我多年來眷戀的不是山，而是在山裡除掉塵礙，較純真質樸的自己。

那一天，在廣場上

那一天，我們從南灣出發，四人一車趕向舊金山華埠，在花園角廣場上，和許多來自各地的熟面孔不期而遇。廣場上臨時搭起了高台，許多人輪流上台，揮舞著旗幟，發出口號；台下的人或舉著抗議牌，或揮著小旗，喊著口號熱烈回應。眾多的青天白日滿地紅旗在艷陽下匯成一片耀目的旗海。那一天是二〇〇四年三月二十七日，台灣總統大選後一星期。

選前一天發生槍擊意外導致的選舉結果，使許多台灣選民從選前的激情轉成選後的悲情，從島內感染到島外。許多人以哀悼的心情唱著〈梅花〉及〈中華民國頌〉，熱淚盈眶地宣洩著失望和憤慨。在他們的心目中，這是一場「台灣定位」與「國家認同」的選舉，是一場「捍衛中華民國」與「台灣獨立建國」的決戰。

就在那一天，在台北總統府廣場四周，五十萬人揮著青天白日滿地紅國旗，向執政當局表達立場。電視上傳來的畫面如此熟悉，彷彿多年前的歷史重演。那是一九七一年，年少的我在廣場上揮著國旗痛哭流涕。那時代每個高中生都背過三民主義，唸過中國近代史，每個大學生都上過國父思想，知道手中的國旗是革命先烈的鐵血大旗，是結束帝制走向共和的象徵。那天，在廣場上，不分男女老幼，用手中舞動的國旗表達對國家的認同及凝聚。那一天，悲憤的人們在中華民國退出聯合國後，聚集在台北總統府廣場上揮出了一片旗海。

一九七九年中美斷交，我在紐約聯合國廣場上參加萬人抗議大遊行，一邊哽咽著喊著英文口號，一邊揮著手中的旗幟。這幅親切美麗的國旗，在異鄉遊子的心目中代表著多難的祖國。參加遊行的大多是二、三十歲的留學生，我們大聲唱著流行近三年，人人琅琅上口的〈梅花〉：

梅花梅花滿天下，愈冷它愈開花。
梅花堅忍象徵我們，巍巍的大中華。

看那遍地開了梅花，有土地就有它。
冰雪風雨它都不怕，它是我的國花……

在後來的歲月中，我不曾再看到如此盛大的青天白日滿地紅旗海。但世局蜩螗，四分之一個世紀後，我又來到另一個廣場上，在同一片旗海下，和悲憤的人群唱著同樣的歌，流著同樣心酸的眼淚。

那一天，隔著太平洋，兩千多灣區華僑聚在花園角廣場上，揮著同樣一幅國旗，大家忘情地演出一場和台北同步的吶喊。這台戲沒有真正的台上台下，所有參加的人都是主角。

這是齣多幕政治戲，戲碼只有一個，就是爭民主、要平等，主要觀眾是執政當局。舞台在不同年代的首都或大城市廣場，由不同年代的中國人民一次一次地演出。幕起幕落，換上不同的背景廣場，不同的演出民眾。不論是北京天安門廣場還是台北總統府廣場，激情的人們奮力吶喊，要政府傾聽。他們不信青史盡成灰，不信民意盡付東流，前仆後繼地登上廣場，一代又一代。

三二七那天，台灣創造了一個歷史紀錄，寫下了一次人數最多的和平群眾運動。但願這紀錄永遠不要打破，讓未來民主社會的廣大民意皆能落實，人民再也不必走上街頭，聚在廣場上搏命演出。

那一天，在廣場上，人們抗議、吶喊，試圖喚醒沉沉酣睡的中國民主及民權。

梧桐葉落

那年到了青島，從旅館打電話通知住在威海的堂哥。次日他天不亮就起身，派了車隨司機師傅開車趕來，接我回到老家去。老家在山東半島尖端，離青島三百公里。我們在鄉間公路上一程一程地飛奔，夾道成蔭的梧桐一株一株地撲近又後退，與故鄉的距離也一里一里地接近。

半個世紀前，東北失守，天津保衛戰敗，父母親在天津分手。軍職的父親化裝商人從天津逃出，由青島、上海轉至台灣。母親回到家鄉，收到父親從台灣輾轉寄來的家書，拾掇了些隨身衣物及一點金飾銀兩，和叔父話別後離開了老家單身上路。一路上走走停停，所有的細軟不是給了車夫折做車資及吃用，就是被國共兩邊的關道守兵翻查沒收了。等熬到了青島，已是兩手空空，幸得青島二表叔的資助才弄到船位去了台灣。

青島是母親在大陸最後的驛站。五十年後，我代替行動不便的母親重履當年的逃亡路徑。母親走時正是三月麥子抽穗時，春意盎然；我回到老家卻是十月梧桐葉落時，秋意已深。母親走時不到三十歲，她的女兒推開老家門扉時已近五十歲了。

快到老家時，堂哥在車上用手機通知家人。我也開始興奮，終於要見到父母親魂牽夢縈的家鄉了。從小就從父母親口裡勾勒出老家的形象：黃海和渤海交口、秦始皇祭天的成山頭、豐富的漁產、美麗的風景及平實純樸的居民。一群人站在院牆外向我們招手，終於見到叔父了，父親惟一的手足，也是母親的表弟。黑瘦的叔父戴著窄簷帽站在中間，嬸及堂弟妹們圍在兩側。我踩在老家門前的泥土地上和叔父相擁，大顆的淚珠汨汨流在叔父和我的臉上，我們叔侄倆終於見到面了。

穿過老家院內無花果樹及絲瓜架走進屋內，叔父一路解說。結海草為屋頂的老家已是五代屋了，父親和叔父都在裡間屋內炕上出生長大。父親十多歲就離家外出，叔父卻一生守著老屋。堂兄弟妹們長大後，搬離老屋，住進新式公寓。叔父和嬸寧願在熟稔的老屋內相依相守，共渡黃昏。

坐在炕上，和叔嬸話家常。嬸搬出水果糕點，叔父為我剝橘子。晚餐時和叔嬸一家人在賓館餐廳用膳，滿座圍繞的親切鄉音，比滿桌海鮮更動人。飯後在賓館外拍照留念，叔嬸倆都笑逐顏開。

在老家門口和叔父作別時，叔父眼淚成串落下。我掩面登車，想到母親當年揮淚而去，必有千般的不捨。

回青島的路上，下起濛濛細雨，隔著車窗無聲地灑在梧桐葉上。車燈照處，飄落的梧桐葉成堆地黏附在樹根周圍。落葉歸根是大自然的法則，也代表昔日中國人重土思鄉的信念。我萬里迢迢地來到老家，既為探望親人，也算尋根，雖然我只是名故鄉過客。三更雨灑梧桐樹，秋意闌珊，隨著車輪的滾動，我離故鄉越來越遠了。

一眨眼，離那趟返鄉之旅已是四年了。前天收到父親從紐約來電，叔父過逝了。我想起那年在老家門前和叔父相見時和作別時的擁泣。叔父就在他深愛的老屋裡閉了眼，就像一片梧桐葉落在樹根上。老家和叔父，就像一體的兩面，鐫刻在我的心版上。

細品生活

第一次被稱為幸福的人，是在一個校園團契裡。那時我年方二十三，正在紐約唸研究所，課餘參加基督徒團契。一個同校唸物理的韓國男生在聚會交談裡告訴我，神非常地愛我，我是一個蒙神祝福的人。我不經意地笑著，算是接受他的美意。我那時生活單純，目標明確，不外是拿學位、結婚，及在美國安身立命。雖然離家萬里，孑然一身，但沒有經濟壓力，省下用剩的獎學金還可以逛博物館、下中國城餐館、買個林肯中心後段學生票看芭蕾，或去果園摘蘋果及採草莓。我不臨風落淚、對月傷懷，只偶爾午夜夢回時，有幾許不知身在何處的悵惘。

那種樸素簡單的日子，回想起來還真是幸福。

結婚，照我們那輩女生當時流行的想法，是找到一生的幸福。春光明媚時，我們北上加拿大，南下華府，一路看水賞花、吃海鮮。夏日炎炎時，我們奔向海灘接受更多的維它命D。颳風下雨時，我們開著逾齡的二手老別克在洪流四溢的漆黑公路上浮行，一個喊著大海航行靠舵手，一個叫著莊敬自強處變不驚，再一起唱愛國歌曲壯膽。飄雪結冰時，我們借來成套的金庸小說，鑽在棉被裡練武功。更多的時候，我們住在只有一間臥室的學生公寓裡，過著粗茶淡飯的日子，全心全意地相信明天會更好。

那種單純有夢的日子，回想起來確是幸福。

然後兩個人都做了事，有了學生時代想都不敢想的收入。於是換新車、買房子、養孩子，生活重擔撲面襲來。白天在辦公室裡兢兢業業地打拼，晚上衝向褓姆家接孩子，再回家打點晚飯，弄個三菜一湯的營養餐。等收拾完碗碟，幫孩子洗好澡、哄入夢鄉，整理好次日該帶的各種小孩衣物及食品，終於能坐下休息時，早已是呵欠連天了，躺在床上還一再反芻著工作上未解的難題。他捲入矽谷創業熱後，生活步調更緊。我下班後比上班時還忙：接孩子、燒晚飯、督促孩子做功課、送孩子學琴、擠出時間到週末中文學校做義工，忙得馬不停蹄。緊張的日子像時高時低的海浪，一波波拍打著海岸，沒完沒了。

其實，忙碌也是一種幸福，只是當時絕不會領悟。

直到自己退休以後，閒適的生活步調使多年來緊繃的心弦漸漸舒張，麻痺的感覺漸漸甦醒，我才終於感覺到自己的幸福。接著幾年，連續參加了幾趟神州之旅。在旅途中比較當地和矽谷的生活品質，使我更珍惜手中的擁有。每次旅行回來，看到加州的天天天藍，四季的花開不斷，就覺得自己好幸福。

是啊，我身體健康，父母俱在，兄弟姊妹手足俱全，還有一個和樂的家。幸福是能和母親一起摘野薺菜，和父親一起看連續劇，對神賜予椿萱並茂的感激。幸福是能和兄長弟妹一起下廚為父母烹食的友愛。幸福是能和老公及女兒閤桌一起吃飯、打橋牌及看電影的親愛。幸福是能和朋友一起查經，一起讀書，一起旅行，一起談心的相知。幸福是聽到一句窩心的話，吃到適意的餐飲，看到動心的文章，聞到愜意的馨香。幸福是生活裡數算不盡，各種豐富的享有。幸福是春花、夏葉、秋月、冬雪，及大自然的各色粧扮。

幸福是擁有愛與被愛。

曲譜青春

有一段年華，有時覺得自己踩在雲端，世界在自己的腳底下；有時覺得自己掉在深淵，卻無人理睬。冷眼睥睨周遭所有的人，莫名所以的自負，其實最怕別人看不起；寒峻矜持的外表下藏著一團炙熱敏感的火種，只要有適當機遇便會熊熊燃燒。

我的青春綻放在一個滿是教條禁忌的年代，男女交往是所有中學老師及家長的大忌。偶然有同學在外交友，和我分享她的叛逆經驗，我也只有瞠目張口的份，但絕不敢做年少輕狂的壯舉。我藉著閱讀和看電影移情，浪漫小說裡的痴情男子和帶有憂鬱氣質的好萊塢帥哥成為我的偶像。音韻鏗鏘的悱惻詩詞讓我低徊詠嘆，情感得以宣洩。當心頭籠上鬱結時，我騎著單車在淡水河堤上來回疾行，吹著詹姆士・狄恩在《巨人》片中的口哨。

沒有與異性社交的自由，同學之情格外熱絡。初中時和幾位好友相約三十歲時一起環遊世界，甚至攤開地圖，選定在巴黎鐵塔下集合；十三、四歲的我們覺得三十歲已經夠老，該退休去看看世界了。

高中時開始有了自覺性的敏感，但大體上還是初中生活的延續。同學中雖有人校外結交男友或筆友，但我仍是循規蹈矩的乖學生。我們常用英文唱世界民謠，隨著當時《真善美》電影插曲的風行，成為我高中三年的主調。當時雖也流行存在主義及荒謬文學，但沒有影響遲鈍的我。歡笑喧鬧的日子居多，只有在看文藝小說及電影時有一絲淡淡的輕愁。當內心騷動不安時，我聽熱門音樂抒發，貓王的〈Are You Lonesome Tonight〉是我的最愛。

進大學時，為了外籍教授方便，系上同學每人都得取個洋名字。我從易卜生的《玩偶家庭》裡借用女主角的名字娜拉（Nora）。從那時起，同學們都叫我娜拉。易卜生的娜拉是追求自我解放的，用英文名字的我是卸去端莊凝重外衣的另一個我。我就如此順當地用兩種身分解決了自相矛盾的生活行為。於是娜拉掛著各色耳環，戴著墨鏡，嚼著口香糖，穿上迷你裙、迷地裙、緊身褲或喇叭褲在西門町晃蕩、蹺課看電影。有一回開學日，還燙了個蓬亂多層次的嬉皮頭到校招搖。扮演娜拉的我，釋放了青春期累積的叛逆，也在青春樂章上添上狂野。我縱飲著青春的醇酒，自以為瀟灑。還買了個吉他，自彈自唱〈Those were the days〉。

大學時參加憧憬已久的舞會；和詩社的朋友，在石門水庫賞月，縱聲吟詩；和登山社的朋友攀上高山，分享一覽眾山小的豪氣；和信教的朋友望子夜彌撒唱聖詩，浸淫在宗教的感動中……這些偶然，連同交會時互放的光芒，確曾璀燦了我的青春。但少女情懷仍然常感空虛，彷彿有個填補不了的巨大缺口。

一個仲夏夜，我和幾位同學在溪頭森林夜遊。良夜星光，我低低地唱著電影《羅密歐與茱麗葉》的主題曲〈What is a Youth〉：

What is a youth? Impetuous fire.
What is a maid? Ice and desire……

啊，火與冰，熱情和寂寞。幾位男生低聲應和，原來那不僅是我的青春獨白。那時的男生多半木訥青澀，在夜色中藉著音符抒發了少年情懷。

大四以後，一心想出國，所有可能的愛情都夭折在現實的考量中。出國前留下兩封信，託妹妹在我赴美後付郵，算是慧劍斬情絲，也是對青春的告別。

走過青春以後，很少回顧，只有偶然和朋友唱卡拉ＯＫ看到熟悉曲名時，想起屬於自己的少年十五二十時。當年在星光下夜遊唱歌的一夥朋友，已有兩位離開塵世，如早凋的玫瑰。重聽那些曾伴著青春腳步的音符，像傾聽老友訴說縹緲逝去的歲月及人事，恍如隔世。那段時光裡的純真熱情，隨著歲月及世故的添增，更加美麗。

雪裡飄香

　　早年記憶裡的春節，混雜著各式各樣的氣味。樑柱上金華火腿的鮮香、廚房裡新蒸年糕的甜香、院子裡竹竿上新灌香腸及南京板鴨曬出的肉香、炭火爐上烘燻的烤魚香、祖宗牌位前供奉的煙香、門楣門板上春聯的墨香、花瓶內新插紅梅的清香……在寒冬臘月裡透著節慶將臨的訊息。大年夜圍爐的各色菜香、除夕夜燃放的炮竹火藥香、壓歲錢的新鈔紙香及全身煥然一新的衣香，在物質匱乏的年代是一年的企盼。

　　我初來美國時落腳在中西部的大學城，良友牌罐頭和生力麵是珍饈。嚴冬寒夜裡，二十多個來自台灣及香港的留學生聚集在同學會長的家裡動手準備年菜。香港同學負責燉蹄膀及三杯雞，其餘的人剁菜和餡，用空可樂罐在擀好的大張麵皮上切出一個又一個水餃皮。食物的香味是我們惟一能製造的春節氣息，也是對鄉愁最直接的慰藉。

搬到紐約後，看到華埠糕餅店在除夕前擺出烤年糕及發財餅，雜貨店裡懸著成串爆竹，餐館櫃檯上供著金紙糊的大元寶。人們在肉店魚肆裡精挑細選，預備豐盛的年節，連老美播音員都在收音機裡用粵語向聽眾恭禧發財。飛絮薄雪中，熙來攘往的人氣、空氣中瀰漫的燒臘味及花車遊行後一地的爆竹碎屑，織成紐約華埠特有的春節氣味。

再搬到中西部人口僅五萬的羅城，屬於家鄉的東西更難能可貴，連大白菜都得開上一小時的車程到明城購買。往日春節的氣味在雪地冰天裡像舊夢般縹緲，我們只有自己營造出新春氣氛，讓漫漫寒冬過得有盼望。懷著這樣的想頭，幾個常聚在一起的朋友就在那年冬天成立了「羅華文協」非營利組織，向城裡兩大企業ＩＢＭ及梅育診所（Mayo Clinic）募得贊助金，以春節聯歡晚會為第一項社區服務活動。我們興高采烈地擬定節目單、設計邀請卡，寄向城裡每一戶華裔。

那個大年夜，住在羅城的華裔攜家帶眷地圍擁在一起，有三、四百人之多。受邀的羅城市長及兩大企業的代表都驚嘆華裔之眾。人群中有許多越華，他們帶來的不僅是食物的香氣，還有對生命的珍惜及對傳統文化的堅持。窗外大雪紛飛，我們在貼滿春聯及年畫的禮堂裡飽啖各家帶來的拿手好菜，和朋友談笑風生；我們穿梭在滿臉喜氣的人群中，傳告元旦後將成立的中文學校及剛萌芽的海外文化薪傳。天寒地凍，濃郁的人情味在雪裡飄香。

萱草生堂階

前院有一大叢萱草，一年四季都開著黃澄澄的花朵。那年母親來訪，告訴我這就是黃花菜，又叫金針菜。母親將含苞待放的花蕾逐個摘下，放在窗台上曬乾，我這才見到了熟悉的金針菜模樣。原來我愛吃的金針菜就是萱草的美麗花瓣。「多好的黃花菜呀，別糟蹋了。」母親一邊採，一邊讚嘆著。

後來每回進出前院，看到金燦燦盛開的萱草，就想到早該把它採收下來，但總是延宕著任它花開花謝。

後院有兩個蔬菜箱，是我當初想學老圃，請園丁裝的。也是等到母親來訪，才派上用途。那一夏我們不但吃著了母親栽種的油菜和小白菜，還預見了滿園春韭。雨季來時，母親在空地裡撒的韭菜種破土而出，從此終年常綠。

母親在自己的庭院裡種植著多種既美觀又實惠的花草樹木。春天有椿芽及青韭可採，夏日裡梅豆、小黃瓜攀藤結蔓，秋天梔子花和山茶飄香。冬天的紐約冰冷嚴寒，只有室內盆栽還有青蔥綠意。母親在電話裡聊天，總是羨慕加州的天氣：「一年四季，花開不斷，可惜了你的後院。」後院裡的蔬菜箱失去了母親這個知音，雖然黑土肥沃，也只落得常年荒蕪。

去年春天，去紐約看母親。有一天出門散步，母親指著道旁一叢野草，告訴我那就是薺菜。我一路興奮地採摘，回家洗淨後和母親聯手包了頓薺菜餃子嘗鮮。在那趟逗留中，我幾乎每天陪母親散步。有時遇到相識，母親總是得意地介紹：「這是我女兒，從加州來看我。」但是我來訪的日子實在有限，帶給她的歡愉也短暫。臨別那天，滿頭白髮的母親佝僂著倚著半開的家門，緩慢地向我搖著手，雙目晶瑩盡是不捨。

臨別那幕令我揪心不下，原計畫秋天裡再來探母。但不久摔了一跤，跌斷了腳踝。將養幾個月後，勉強去了趟因SARS而延期的大陸行。途中因行動不便，又摔了兩跤，等到終於恢復後已近冬天了。總想著來日方長，還是等春暖花開吧。於是母親又盼著我年年四月裡像燕子般地短暫歸巢。

今年開春的雨水特別豐沛，我在後院中種下了水蜜桃，也在蔬菜箱中撒下了兩包番茄種。還來不及向母親報告，就收到了她老人家病危的通知。一個春寒料峭的三月天，母親起床後摔了一跤，從此再也沒醒過來。去春臨別那天，慈親倚堂門那幕，就是我們母女倆的最後一面。

母親走了，前院的萱草仍然每日寂寞地綻放著。我想起孟郊的那首詩：「萱草生堂階，遊子行天涯，慈親倚堂門，不見萱草花。」萱草，原是遊子母親排遣思念的忘憂草，也是中國自古以來的母親花。我走下門階，仔細地揀選著將開的萱草花苞，好曬乾了入菜，一如母親當年。

那些日子那些橋

喜歡橋，因為它是歲月洗濯後留下的少數剪影。

童年時，曾住在小溪邊，家家戶戶得用自家築的小橋才能接上大馬路，小橋是門戶的延伸。後來小溪轉成地下水，所有的小橋都拆除成柏油馬路。街面寬廣後，我們所住的鄉下，升格成了鎮。

門前街口左拐不多遠，有一條水泥橋。那條橋銜接了小鎮和台北市，也開通了我的求學之路。刮風下雨時，我坐公車過橋，看橋下淡水河怒漲，橋面彷彿水上浮舟。風和日麗時，我常踩著腳踏車在橋上來回。早上和眾多車輛搶道疾行，生怕上學遲到；傍晚經過橋上，我常放慢速度，欣賞河邊的落日、螢橋下的納涼人群和陣陣傳送的流行歌曲。過了橋，順坡滑下，一溜就到了自家的街口了。街口戲院前，眾多推車小攤傳來烤香腸、麻雀、魷魚的香味，更提醒我快到家吃飯。

十多年在這條橋上來回，最後坐上計程車輾過橋身，到了松山機場出了國。有次回臺灣，我特地坐公車晃過，橋身看來蒼涼老舊。我閉上雙眼，不忍再見這條通往記憶的橋。

在紐約住過幾年，傾倒於它的各種鐵橋。它們氣勢雄偉地跨過河流、海灣，將五個區連結成大紐約市後，再和鄰州及紐約州相連。晚上從高處下望，鑲上燈火的鐵橋在墨黑的水面上熠熠生輝，像一座座鑽石冠冕。搬到舊金山灣區後，也常在不同的橋上經過，欣賞的卻是建築之美。金門大橋和從舊金山連結到奧克蘭的海灣大橋就像用鋼鐵譜成的交響曲，凌駕在碧波之上。

這些氣勢奪人的橋光鮮亮麗，帶給我一時的震撼，卻不曾在記憶裡生根。倒是另外幾條橋，因為同遊的人，而常浮在心頭。

那年隨團參加江南三週行，有一站是廬山腳下看觀音橋。先在橋上下觀溪水，再在橋底下細讀花崗石拱身上的造橋歷史。勒石在宋祥符七年，也就是西元１０１４年。石橋苔痕斑駁，但橋面依然平整光滑。我們在古橋下驚嘆千年的歲月滄桑，回頭看見曼茲和子方，真心感激他們夫婦倆不憚其煩地組團，讓我們能有如此機緣，在江南山水中徜徉。

到了揚州瘦西湖，雖仍是煙花三月，但瓊花已謝。只有沒趕上盛筵的寥落幾朵，在晚春裡綻放。從如詩如畫的五亭橋走出，大夥倚在二十四橋畔合影。我在小徑上隨眾而行，曼茲恰在左近。我們分花拂柳地沿湖散步，曼茲一聲低呼，指向一簇盛放的瓊花。我們就在她的指引下，屏息凝目地欣賞。看到瓊花，我們的揚州行畫下完美的句點。後來在曼茲家，看到她手植的牡丹、蘭花及各種花卉，才知道她不僅是百花的知音，更精園藝。百花解語，曼茲卻是解語花。

今年春分，曼茲走了。想起她，就想到二十四橋畔，她手持落花的盈盈笑顏。

有的橋，無緣得見。

我一向喜歡江南的小橋流水，多年前在周莊驚艷於雙橋，後又愛上蘇州、同里。有一年在上海有幾日餘暇，便拉著魏姊和朱姊到烏鎮。出發時已是下午，我們一路坐火車、趕公車，等到了目的地，天已黑了。烏鎮成了名符其實烏漆八黑的小鎮。我們摸索著在座小橋旁歇息，一邊想像著它的清麗。

回程時，我們在朱姊的家鄉轉火車。在等車的空檔中，在車站附近一家小飯館進食。魏姊和朱姊吃得開心，我們笑談這一路的冒險。在火車上又聽到一段精彩的上海人吵架，我們一路笑著回旅館。第二天我們三人就近去了朱家角，填充了對水鄉的渴念。其實我看過以烏鎮為背景拍攝的連續劇「似水年華」，見了實景怕還破壞了心中的形象。且留著那份對烏鎮的憧憬，當做我們下次同遊的約定。

今年夏天，魏姊走了。我們永遠不可能再同遊烏鎮，尋找心中的橋了。

有的橋，無心停留。

在世紀交接時，我曾在一間網路公司做過事。公司名號「延展的橋」，但內部人事紛亂，彼此傾軋，沒有溝通的橋梁。派系之間政治鬥爭，有人被解聘，有人被雪藏。我自己則在直接老闆被炒，由D暫時兼任後不久辭了職。

兩年後的一個秋日，我在報上看到D的訃聞，年未四十就得了絕症，真是英才早凋。原來他在我離去後幾個月，也很快地離開了那家公司，也許他也淪為另一波政治鬥爭的犧牲者。那家公司在人才成群出走後，像斷橋般很快地分崩離析了。收到該公司破產通知時，我想到那首〈Bridge Over Troubled Water〉。這首歌描述一個情真意切的朋友，在對方需要時會像橋梁一樣，橫在惡水上，幫助對方渡過黑暗痛苦。在那家倒閉的公司裡，沒有人願作橋梁。

在曾經共事的日子裡，在公司的慶功宴上，野餐會上，聖誕晚會上，甚至在遊覽車上，我也曾和D共同歡笑過。我們曾熱烈討論電影〈The Matrix〉〈駭客任務〉的奇幻及其中的暴力美學，也曾在周末自動加班時在空落的大辦公樓裡交換過溫暖的互勉，更曾在工作上相互支援。

後來〈The Matrix〉三部曲陸續推出，我每看一遍，就想起那些生命中曾有的偶然。

喜歡橋，因為它代表連結和溝通，像童年時每家門口的搭橋。儘管成年以後，知己難尋，我仍在紅塵中放出善意溝通的橋梁，希望對方接住，讓彼此的心靈不再是一座孤島。

榆樹

後院有一棵樹，直挺緋紅的主幹撐開傘狀的支條。細緻的樹葉掛在嫩枝上，隨著微風款擺起舞。當初整地建屋時，建築商就因它的挺拔，讓它留在原地，成為我家後院的一景。園景設計師在它周圍攔上木界，裝上照明燈打在樹幹上，讓它在黑夜裡也能展現手姿。

園景設計師告訴我這是株中國榆。多親切的樹名！竟是株神州大陸道旁屋外最常見的榆樹。但是風起的時候，我總也看不到飄落的榆莢，無法體驗「煙柳飛輕絮，風榆落小錢」的詩意及「榆青綴古錢」的景象。空有中國榆之名，卻無中國榆之實，也許是如同橘逾淮而為枳，來自中原的榆在北美大地上水土不服後的變種。

雖然是棵不結籽的樹，但它繁茂的樹葉在夏季織成了綠蔭，遮在我廚房窗台前。讓我在廚房忙碌時，能一壁欣賞它的滿枝青翠，一壁享受它的庇蔭。我在水槽前洗洗切切時，常驚喜地看到松鼠們沿著樹幹上下追逐，及彩色斑斕的雀鳥在枝椏上駐足小憩。榆樹不時為我單調的生活加添亮光。

入秋後榆葉漸落，到了冬天，只剩光禿的枝幹，待來春才吐新綠，倏忽成蔭。榆樹隨著時序，成為我四季的窗景。月圓的時候，看月上榆梢頭；風雨的日子，看雨打葉飄零。論清姿美麗，中國榆遠不及後院裡的三株日本楓，但我愛榆幹的粗曠及榆葉的細緻，愛它夏季的華蓋及冬日的蒼涼，更愛它年年捎來的春信。

孩子們小時，常在後院繞著榆樹追逐跳躍。高中畢業舞會前，我先後替她們和好友們在樹旁盛裝合影。一對對揚帆待發的年輕人，站在翠綠的濃蔭前，嘴角眉梢盡是青春。孩子們離家唸大學後，每到夏天，我常從榆樹的濃蔭中回想起曾經有過的夏日歡笑。

去年春天，榆樹遲遲未發新芽。好不容易冒出點點嫩絲，已是五月中旬。請來的樹醫判定它得了黴菌，建議我連續施肥澆水直到夏至，屆時如果仍無起色，暑熱會曬焦嫩葉、曬枯榆樹。我焦急地照方施行，每天黃昏到後院勤加照拂。那幾天氣溫陡昇，我每天待在後院的時間超過一小時。十天以後，榆樹仍是原樣，我卻全身出了奇癢無比的紅疹。

先後看了兩個醫生，得到不同的診斷。共同點是病因不明，但三到六個月自動痊癒。我過濾所有的可疑因子，最後懷疑不明病因和近期做了後院園丁有關，一個鮮少光顧庭院的人突然親近泥土，也許破壞了某種自體生理平衡。

於是我不再涉足後院，隔著窗子，看著榆樹漸漸枯乾。夏天來時，我穿得密密實實，遮住身上的紅疹，參加孩子們的大學畢業典禮。到了冬天，雨量特別豐沛，我殷切地希望榆樹或可生機重現。

又是春天，榆樹主幹已乾裂，毫無回春跡象。我終於找了砍樹工人，將榆樹解體。砍樹的前幾天，我特意踱到後院，在黃昏中看圓月漸漸昇上榆樹的枯枝，和默默陪了我十六年的老友作別。

出門兩星期回來後，工人已移走枯榆，後院裡乾淨俐落，毫無一點榆樹痕跡。女兒打電話談到榆樹，問我那空地上要補上什麼新樹。栽棵果樹吧，既有春花秋實，又有夏葉冬枝，一年的美景不斷。我隨口應著，一邊望向廚房窗外，那裡曾經有一棵既不開花也不結籽的中國榆。

那一夜，我們聽快書

接到朋友電話，邀我去他家聽山東快書，由一位大陸廣播說唱團國家一級演員現場表演。

我對民俗雜藝可稱完全無知，只小時偶然從收音機裡聽過鐵板快書，但從未聽說過山東快書，頗有幾分好奇。上網查了一下，才知山東快書在清朝道光、咸豐年間起源於山東臨清及濟寧地區，銅板或竹板伴奏，表演上講究手、眼、身及步的運用。山東快書大都以七字句為主，一韻到底，乾淨俐落，短句多，語多淺白。唱得平緩叫「平口」，唱得花俏叫「俏口」，緊張聯貫叫「貫口」。演員常以三種語調交相運用。

有關山東快書的演變，有各種說法。有一說是創始於明萬曆年間的武舉人劉茂基、清道光年間的落第舉人李長清。根據藝人師承關係考察，多認為李長清傳藝於傅漢章，傅漢章傳藝於趙震及弟子魏玉濟，遂形成兩支，流傳至今。魏玉濟一支的著名藝人有弟子盧同武，再傳至楊立德，楊立德擅長「俏口」、「貫口」，自成一家，被譽為「楊派」。趙震一支的著名藝人有戚永立，再傳至高元鈞。高元鈞以講究刻畫人物、表演生動風趣見長，被譽為「高派」。

高元鈞在一九三〇年代登上舞臺演唱，曾叫作「滑稽快書」；一九五一年他錄製《魯達除霸》唱片時定名為「山東快書」。經過高元鈞的淨化改良及提倡，山東快書到了五十年代，曾紅遍大江南北達到顛峰。

那晚，當表演者郭秋林來到朋友家中時，我從正觀賞的電視節目中抬眼觀看。他看來四十左右，正當盛年。我躊躇著是否該上前以山東老鄉的身分自我介紹，但想到自己其實是生長在台灣，也只去過山東一次，就不敢攀親了。晚飯後，主人在地下室設上座椅，我們一排排地坐下，靜等好戲開鑼。

看了朋友印製的背景介紹單，才知道郭秋林曾獲得一九八六年全國景陽崗杯山東快書大賽最佳演員獎，及一九九五年曲藝最高榮譽的牡丹獎，又是山快大師高元鈞的及門弟子，由他來銓釋山東快書應該是極道地的。

介紹過山東快書的溯源及基本表演法後，郭秋林操起圓潤清脆的魯腔，先來上兩段自創的曲目，左手兩塊銅質月牙形鴛鴦板互相輕擊，「明音」打過門，「暗音」為伴奏，為明快的說書添上韻律。順口溜似的口技配上表演身段，果然生動詼諧，淳厚樸實。這是我第一次聽全用魯腔的曲藝，在濃厚的鄉音中倍感親切。

郭秋林的壓軸表演是山東快書的代表曲目《武松打虎》。只見他一會兒扮武松，轉變身形語調又成了店小二，最後又扮演那隻倒霉的老虎。一人貫場兼飾多角，鴛鴦板有節有拍，兩手起舞擺弄，兩腳移形換位，口中快書行雲流水。整個曲目急如行板，一氣呵成。

在賣力演出後汗水淋漓的他謙遜地謝場，我們報以熱烈的掌聲。妻子孫偉也以八角鼓形式的單弦伴奏，唱了幾支岔曲及單弦代表作《風雨歸舟》，音色高亢圓潤，饒有餘韻。夫妻倆表示為讓女兒圓夢而選擇留在美國，為了現實，不掙錢的一身絕活就此擱下。快書和單弦，對他們而言已是曲終人散，只在海外偶爾作玩票式的介紹。

我聽了不無遺憾。想到藝人拋棄了藝術，其實是因為觀眾先拋棄了他們。難道中國傳統曲藝的共同命運都將如此？我想起另一門也穿大褂的民俗雜藝。

魏龍豪、吳兆南與陳逸安輪流搭配同台演出的相聲，曾隨著收音機廣播穿越千門萬戶，在六十年代的台灣盛極一時。曾幾何時，當年的盛況成為絕響；相對的，也是說學逗唱的美國脫口秀卻一直風行不衰，形成美國娛樂文化的特色。是相聲跟不上時代，還是中國人的口味改變太快？以時事穿插，經常求新求變的相聲及快書命運尚且如此，更別提歷史更久，欣賞難度更高的平劇、崑曲及各種地方戲曲了。

在網路上讀到一則高元鈞在一九八五年率團去瀋陽演出的故事。組織者一方面大肆宣傳山東快書大師高元鈞領銜演出，一方面又把當時風靡一時的電影《少林寺》安排在同場放映。為了保證上座率，把兩個極不相干的藝術形式強擰在一起，而且是先放電影，後演山東快書。人們看完電影後紛紛退場，儘管當時是高元鈞和八大弟子同臺獻藝，觀眾仍像潮水一般往外湧去。一千多座位的劇場裡只剩下了十個人。最後，高元鈞來到了臺前，向所剩的十位觀眾深深地鞠了一躬，演出取消。一九五四年，在同一個劇場，高元鈞從朝鮮前線回到瀋陽演出，當時劇場座無虛席，他一人挑了半臺戲。前後對照，真正是三十年河東，三十年河西。

也許，中國是一個最會拋棄傳統藝術及文化的民族。大量的傳統藝術及文化在短短數十年間急遽流失。只是，沒有了自己的文化底蘊，中國的精神文明又在那裡？人們的價值觀又將何去何從？

那一夜，我們聽快書。但願這是個薪傳的火種。

逐夢美國蹣跚路

美國是由眾多移民建成的國家，移民來自英國、非洲乃至歐亞各地，共同組成移民者的天堂。在無數的移民心目中，奔向美國才有美夢成真的可能。只是先到的白種移民為保護既得利益，排擠後來的人種，在近兩百年的移民史上演出一幕幕醜陋血腥的族裔迫害事蹟，使移民新大陸的美國夢成了噩夢。傷痕累累的華裔移民史就是這段滄桑歷史的見證。

二〇〇三年八月六日，來自奧地利的動作片明星阿諾史瓦辛格（Arnold Schwarzenegger）在脫口秀「今夜」節目上宣布參選加州州長，主持人在訪問即將結束前恭賀他的美國夢早日實現。阿諾二十一歲移民美國，在美國取得商學與國際經濟學士學位，三十六歲成為美國公民。五十六歲競選州長時，他已是腰纏萬貫、娶得豪門美女、家喻戶曉的銀幕英雄。對絕大多數人而言，他的美國夢早已實現。

一百六十年前，中國第一位留學生容閎走過同樣的路徑。他於一八四七年十九歲時來美留學，一八五二年歸化，一八五四年畢業耶魯，娶了白人妻子，在中國和美國搭起文化溝通的橋梁，卻終究因為排華法案喪失公民身份及美國夢。他沒有阿諾的運氣，因為他不是白人，而是中國人。

華裔是美國移民史上，惟一被排斥的族裔。違反美國立國精神，充滿種族岐視的排華法案在一八八二年通過，直到一九四三年因中美同盟抗日才廢止，這期間有許許多多新大陸的中國人生活在黑暗裡。雖被圈禁在舊金山華埠生活，或被拘留在天使島審問，他們仍然前仆後繼地從貧窮的家鄉經由不同的管道來到美國。一九七〇年代，飽受越戰苦難的華人被大批地趕上小舟，拋入怒海，少數倖存者被美國收留。一九八九年震驚全球的天安門事件後，基於人道立場，美國對中國大陸留學生大開移民方便之門。從排斥、隔離到今天的包容，華人的移民之路走得艱辛。

淡化種族岐視的美國移民法直到一九六五年十月三號才生效。華裔移民的美國夢終於得以實現，優秀的華裔移民在各行各業如雨後春筍般脫穎而出。

一九八六年，來美二十四年的李遠哲拿到諾貝爾化學獎。得獎後他受邀在灣區台大校友年會上發表演說，有別於一般留學生的三P：財富、學位、永久居留權（Property、Ph.D.、P.R.），他說他拿到的三P是加大柏克萊特別為諾貝爾得主教授保留的永久車位（Permanent Parking Place）。後來李遠哲放棄美國公民，回台灣任職，但當時的他確實意氣風發，頗有美夢成真的自豪。

一九九〇年，二十一歲負笈來美近三十四年後，在熱傳學及熱輻射研究卓越的田長霖成為加大柏克萊分校第七任校長，也是全美第一位著名學府的亞裔校長。田長霖認為他的受聘代表加州對多元文化的認同是超前的。

一九九五年四月，來自臺灣的楊致遠創辦的雅虎公司上市，時年二十六。二〇〇〇年初，雅虎股值達到每股兩百五十美元高峰，造就了又一個嶄新的矽谷神話，也使Jerry Yang一夕成名。經過網路和達康破滅的淬勵，雅虎領先走過低谷，把曾跌至個位數字的股值在二〇〇三年八月回春到三十五元。Jerry Yang這個名字，代表新一代美國夢的實現。

楊致遠、田長霖、李遠哲以及許許多多的華裔移民，都實現了他們的美國夢。他們落地生根，努力適應環境，不斷充實自我，擁抱主流，終於脫穎而出。

從表面上看來，各行各業的華裔移民有各自的美國夢。事實上，無數的移民動機歸納起來只有一個，那就是為了自己或下一代更美好的將來。對新移民而言，無論當初來自何鄉何處，在舉手宣誓成為現居地歸化公民的一剎那，就已經放棄了原來的國籍。未來將專注在休戚與共的新環境，修葺仍存在的族裔歧視，讓未來的生活更美好。

相對於對歐洲移民的熱情擁抱，美國人始終對中國人疑懼。文化的隔閡，長相的殊異，加上韓戰及越戰的陰影，使中國人像外星人般敵友難分。再加上近三十年來激增的華裔中有不少人在移民後並不融入美國，甚至自建中國人社區，讓傳統老美非常反感。部份中國人習慣在公共場所，甚至工作地點，旁若無人地大聲用母語喧嘩，讓在場老美覺得被排斥，或以為老中在傳遞不欲他參與的秘密。某些中國商店沒有英文只有中文大字招牌，讓老美有身在外國的錯覺和不安，遂使部份傳統老美認為在公開場合應該只講英文（English Only）。

對中國人的不滿像一顆仇恨的種子，在陰暗的一角滋長，尋隙鑽出。八十年代初，日產汽車物美價廉，傾銷美國，使大批底特律工人失業，移恨日本。

我當時住在明尼蘇達，是密西根的鄰州，經常見到大批老美舉著抵制日貨的大字牌，在公共場所抗議、搗毀或弄污停車場上的日產汽車。一州之隔，尚且如此，可以想見汽車工業城底特律的沸騰情緒。

一九八二年長相類似日本人的陳果仁在底特律與失業白人父子衝突，被白人以棒球棍打死。當地陪審團輕判肇事白人，只罰款三千美元，不用服一天刑。這類事件的導火線和當初排華法案一模一樣，只因美國工人擔心勤奮的華工搶了他們的飯碗。陳果仁事件距離一八八二年的排華法案整整一百年，而華美之間鴻溝依然。美國藍領階級如此，白領階級也相去不遠，優秀的華裔移民在工作場所處處碰到玻璃天花板，在族裔歧視下失去應有的升遷。

要消除種族隔閡，華裔移民的第一課應是尊重瞭解美國主流文化。非我族類已經令有優越感的白人不安，如果再不入鄉隨俗，就更給人排擠的籍口。許多華人專揀讓自己孩子出人頭地的才藝，如拉小提琴和彈鋼琴，其實讓孩子打棒球、踢足球、參加童子軍等團體活動，更易結交朋友、融入主流。

入籍以前，許多人骨肉乖離，天各一方，只等著雲開月明，新的公民證等於敲門磚，啟開了天倫重聚的可能。多少年離鄉背井，隻身奮鬥，好不容易從暫時簽證、永久居留證，到成為公民。在原居地與生俱來的權力，在移民地卻熬上多年才終於獲得。入籍以後，卻常因生計或缺乏興趣，忽視了選舉的重要，使華裔成為沒有聲音的弱勢族裔。許多華裔第一代移民，儘管沒有選舉權，卻對故鄉的選情趣味盎然，如數家珍；另一方面手握辛苦得來的選舉權，卻對有切身關係的居留地選舉漠不關心，毫無所知。這種奇異的心理弔詭使已屬弱勢的華裔力量更難凝聚。

繼陳果仁事件，近年來又陸續發生李文和、高冠仲和曹顯慶事件。李文和偷竊國家機密案未審先囚，在判決之前已經失去了人身自由；高冠仲酒醉在家門口揮帚棍遭警察射殺。曹顯慶更是不明美國文化的悲劇，他父代母職為八歲患尿道炎的女兒塗藥換衣服而被社工認為性侵害，將子女強行帶走，他偏又掙扎拒絕而遭警察射殺。「不要欺壓我」（Do not bash me）不僅僅只是華裔的口號，而是不得不面對的現實。今天的華裔家長應當鼓勵子女除了做工程師、醫生和科學家外，還應當從事政治和教育。我們需要更多能替華裔發聲的政治家及鼓勵多元文化的教育家，我們需要更多下一代的駱家輝和田長霖。

要消除種族隔閡，華裔移民的第二課應是回饋社區。有這樣一篇報導在主流大報刊出：一家明星高中舉辦畢業典禮，各種傑出獎項均由華裔學生囊括，但是受獎學生的家長們卻半數以上沒有出席。通篇報導突出華裔只取不予的負面形象。

其實這樣的報導並不偏頗。在華裔集中的明星學校，這樣的現象普遍存在。許多華裔家長擠破了頭，把自己的孩子送到升學率特高的明星學校，而後就萬事不理，一切交給學校。事實上美國教育體系，小至課外參觀、教室秩序維持，大至準備多元文化活動、畢業晚會，許多方面都需要家長的配合和協助。但是家長會中，華人義工卻是鳳毛麟角，和華裔學生人數不成比率。

連自己孩子的畢業典禮都無暇參加，更別提參與學校裡的各項義工。也許文化語言成為做義工的阻力，那麼捐錢只是舉手之勞，華裔應該不落人後吧！但向來習慣各人自掃門前雪的華裔，對捐錢也本著休管他人瓦上霜的心理。更有甚者，許多富有華裔移民後，把自己財產悉數轉至兒女名下，不須繳一天稅而坐享各項社會福利津貼。這樣可恥的掠奪行為，又怎能贏得別人的尊重。

要消除種族隔閡，華裔移民的第三課應是傳佈中國文化精華。自古以來，遊子的文化鄉愁，就如春草般更行更遠還生。移了民，中國情結反而更加難分難解。即使來美國多年，從留學生成為華僑，在美國結婚生子，就業納稅，也常有何去何從的迷惘。

國籍的割捨並不等於文化的割捨，於是海外興漢學，中文學校在美國落地生根，繼續文化的薪傳。除了教育下一代成為雙重文化的受益者，我們也當向美國友人傳佈中國文化的精髓。我們每個人都可以和李安或林語堂一樣，將中華文化雋永美麗的一面展現在言語或行為中。在各種佳節帶著應景食品和美國友人分享，在辦公室貼上春聯，舉手之間就能順勢推展了文化的傳播。

身為第一代移民，我們對一切發生在中國的事仍有血濃於水的關懷。在現實橫逆時，也興起落葉歸根的念頭。但是隨著下一代的長成，我們早已踏上了移民的不歸路。落地還須生根，就算是不為自己，也為了自己的子女。即使全心全意落地生根，優秀如田長霖也曾被奚落英語不夠美式，也曾黯然神傷保障少數族裔入學就業的加州平權法案（Affirmative Action）最終被取消。而在加大柏克萊的另一角落，諾貝爾得主李遠哲在自己的永久車位停車時遭受黑人警衛質疑。族裔歧視還是無所不在，即使在多元文化的加州。

移民美國，是條荊棘遍地的蹣跚路。華裔移民要有過河卒子般一路向前的精神，除去路上的障礙，總有一天贏得自己的一片天空。因為你我的努力，有一天美國終能成為族裔和諧共處，真正多元而卓越的國家。

塔裡的女人

在加州聖荷西最南端有個野狼谷，青山環抱裡有一片塔樓，以紫、紅、橘、橙、黃、綠、靛、藍為各樓主色，以前八個英文字母為名，像一片彩虹般矗立著。樓外青山翠谷，樓內則像蜂巢般隔出一間間的辦公室。這就是ＩＢＭ電腦程式師的「天堂」——聖他泰瑞莎實驗室（Santa Teresa Lab）。

每天，進了辦公室，把門一關，每人就在自己的斗室裡消磨竟日，有極大的獨立性與不受干擾權。一九八四年我第一次造訪聖他泰瑞莎實驗室，就愛上了這份自由。

一九八九年初辭去洛克希德火箭太空公司，加入工蜂行列，成為野狼谷彩虹樓中一名塔裡的女人。

我所在的A塔是紫色調，紫門紫窗紫牆紫椅，再加上我也常穿紫衣，這環境實在美如夢幻。從四樓外望，青山翠谷中時見牛羊徜徉。口渴了，漫步迴廊，繞到B塔，喝幾口冷洌泉水，買杯咖啡。工作告一段落，各人從蝸居裡探出頭來，打聲招呼，聽段CD。

中午時分，四樓老中們一聲吆喝，大夥或拎便當或背皮包，男女老少八、九人投向餐廳，會合其他各股老中，擺龍門陣磨牙。舉凡海峽兩岸政治歷史、股市起落、房地產、小道新聞，天南地北地用中文大聲嚷嚷。許多老中的一天烏雲或一肚子窩囊就在口沫橫飛中化作輕煙。每天飯後繞著園區散步，星期五中午在海城餐廳聚餐，日子過得好不愜意。

人生藍圖

在九〇年代以前，很少聽說有人離開IBM，尤其是老中。IBM在七〇年代曾代表金飯碗，八十年代至少也是個鐵飯碗，飯碗雖小，但很穩。我拿到IBM聘書時，同時也拿到Syva藥廠的聘書。IBM給我的條件是比照前公司的薪俸和職位，Syva則是一線經理和百分之二十的加薪。Syva也很穩，但

ＩＢＭ舉世聞名，加上我當時的心態只想在ＩＢＭ混個短期就申請留職停薪陪老公到台灣打天下。

一九八八年時台灣股市高達一萬兩千點，許多台灣金主們荷包滿滿，想要投資高科技，吸收矽谷人才回流。我老公當時也受邀帶團回國創業，一切向錢看，一片光明遠景。一九八九年秋，我向ＩＢＭ請准了暫時離職，但基於再三考量〈生活品質、小孩教育〉，我又撤回了申請，和老公在不斷溝通下取得協議，放棄回台。

我們算是某類在美華人典型。台灣土生土養，成長過程是不斷的考試，唸大學時的目標在出國。大學畢業兩年內紛紛赴美，碩士、博士的各種方帽子先後戴上，畢業後向全美各大公司進軍，以期完成五子登科〈妻子、房子、車子、孩子、銀子〉的人生藍圖。

這個人生藍圖，車子和房子容易，結婚生子嘛，只要不挑剔，馬馬虎虎的也不難辦到，惟獨這銀子卻是天時、地利、人和缺一不可。

大富在天，小富由儉。在公司裡啃老米飯，一輩子也發不了。頭腦機靈的老中搞副業：房地產經紀、炒股票。副業收入比正業還好，於是換車子、換房子。更有壯士斷腕的老中，離開大公司，自己開公司，三五年後，股票上市，立成鉅富，房子從平地搬到山上。

鐵飯碗變脆

然而大多數的老中卻不幸如我，關在象牙塔裡看不到一線光明。生性本恬淡，原指望在大公司裡捧著鐵飯碗直到退休。哪想到平地一聲雷，羅馬帝國也有崩潰的一天，工作保障成了歷史名詞。這幾年在公司裡，每天風起雲湧的各種集會及各種口號，一再提醒雇員們，公司已在生死存亡之秋，每個人都當發憤圖強，心存惕勵。

每天中午的快樂時光，成為眾家老中唏噓歎息之所。這個老中被炒魷魚，那個老中另謀高就，熟悉的面孔一個個減少，各式各樣的謠言滿天飛。許多人後悔當初學電腦，要每天擔心被裁員。至於自己的下一代，當然最好學醫、學法、學商，一技在身可自保，千萬別步老爸老媽的後塵，做個提心吊膽的工程師。

ＩＢＭ新定的職員年度考核標準，第一項就是溝通能力，老中顯然吃了暗虧。再加上排等第，不跟老闆熱絡的職員也必然吃虧。大夥只好花時間在老闆面前兜售自己，以免名次落後丟了飯碗。不少老中錚錚鐵漢，寧折不彎，離開公司，另謀出路。當然也有不少老中各方面能力卓越〈包括溝通〉，在亂世中反而脫穎而出。

我從保守的紫塔換到新潮的紅樓，希望學些跟得上時代的新技能，增加自己的市場價值。在不斷的學習中，也有深沉的悲哀。人已中年，加上公司危機、美國經濟蕭條、稚子尚幼、房屋貸款，這碗雞肋飯，食之雖無味，還真難說丟就丟。

二十年前的凌雲壯志換成美國大公司裡一顆隨時可被棄的螺絲釘，我每日在塔裡歎息著。

又見藍鳥

在矽谷的中國工程師多半在商業公司做事，和同行可以有很多的自由交流。通常和舊雨新知寒暄過後，立刻交換名片，再從彼此公司的遠程、中程、近程各式計劃裡談到自己在其中扮演的角色。如果是小公司，話題總會落在股票上，聽談雙方都十分熱絡；如果是大公司，就討論何時可以提早退休、何時可以開始生命的第二春，氣氛也是十分融洽。話題若觸及尖端科技，更有些許身在其中的自負和互勉，這樣的畫面經常出現在各種中國工程師協會及學會的餐敘裡。

事實上，在矽谷的心臟區，還有一種絕對的尖端科技昂然領先全球，而中國人在其中卻是真正的少數民族——國防工業。

二十年前，在陽光谷市（Sunnyvale）北端盡頭的南灣口，星羅棋佈著眾多大大小小的國防公司。其中執牛耳的洛克希德火箭太空公司（Lockheed Missiles and Space Co.），和左鄰的太空總署阿姆士分部（NASA AMES）互為觭角，共同捍衛著人文薈萃的舊金山灣區及北加州。

這些年來，國防工業起起落落，從八十年代的全盛到九十年代初的低潮再到九五年以後的復甦。許多在早期列為國防機密的科技也漸漸開放成商業，像這兩年炙手可熱的網際網路，原本是美國國防的通訊工具，近幾年除去了機密的標籤，立刻風行全球。

洛克希德的武器、戰機、太空通訊舉世聞名，如當年賣給台灣的F104戰機，就曾在台海上空捍衛多年才光榮退休。名為「國防」，所以一切「機密」，儘管從事的是上天入地的尖端科技，但從員們一律守口如瓶，在矽谷成為沈默的一群。同樣的，在各種老中熱門協會裡，各項工程項目裡也獨缺航空工程。

說起矽谷的興旺，國防工業當居首功。多年前，所謂的矽谷，其實是一大片半沙漠區的果園。因地緣舊金山灣區，面對北太平洋及潛在的北太平洋諸強敵〈尤以蘇俄為頭號〉，洛克希德總公司遂決定在此開疆闢地、建立分部，和太空總署聯手，造就了無數的就業機會，成就了今天的陽光谷市〈Sunnyvale〉和山景城〈Mountain View〉。

一九八五年到一九八九年初，我在洛克希德做事。某次在餐會裡和初識的老中朋友寒暄，談及我在何處工作。我隨口道出一聲Lockheed，對方立刻歡呼，還說他家對面就有一家，下次要到我打工的那家買菜，又頻頻詢問地址街道名，可否有折扣等，害得我差點接不下去。蓋此兄以為是加州連鎖超市Lucky是也。

還有時寒暄過後，對方一聽我報上洛克希德，立刻回以貴公司又要大裁員了，實因國防工業裁員向以千計，動不動就是三、五千的，聳人聽聞。不過九〇年代起，商業公司也風起雲湧地競相大裁員，不讓國防工業專美於前。

在洛克希德做事，除了沈默是金以外，必要時還要賣傻。每回出國旅行，必向所屬單位呈報，保安人員則授以密招，譬如叫我做村婦打扮、故作不懂英文等，以防任何人向我搭訕，套取「機密」。

好不容易拿到的身家清白卡〈EBI Clearance〉，是用平均每人五萬美元的調查費及一年到兩年的等待換來的。這張卡可真得來不易，這表示我個人過去十五年來行為端正〈不喝酒、不吸毒、無財務不良記錄、無警方任何記錄、不打小孩、不罵先生以至聲聞四鄰等〉，還得六親加五服皆身家清白，絕無任何出賣美國的嫌疑。

在八〇年代，很少老中在黑色計劃〈Black Project〉裡做事。所謂黑色計劃，即是經費不須國會審核，由國防單位全權主控的各項計劃。我在的那個黑色計劃裡有三百多員工，我是惟一從台灣來的。每天通過重重關卡及安全設施，才終於到了自己的辦公桌，開始不見天日的白蟻生活。我所處的建築內至少可容納一、兩千人，但沒有一扇可開啟的窗子。同事之間常自嘲身處坦克槽裡，每隔三、五分鐘身體還得晃動一下，否則燈光自動熄滅，那真是伸手不見五指。這樣的工作環境，還真需毅力才能待得住、待得久。

一九九六年，在離開洛克希德七年後，我又回槽了。前後約十年光景，公司也蛻變了，由全盛期的矽谷兩萬五千員工精簡成一萬一千，再加上大大小小的兼併，已正名為洛克希德馬丁〈Lockheed Martin〉。它像商業公司一樣，也鼓勵員工在職進修，不停的吸取新知。除了傳統的黑色計劃〈改為只需十年身家調查〉、機密計劃〈七年身家調查〉，還有新拓的商業性計劃〈不需任何身家調查〉，以全新的姿態重整公司文化及未來方向。

新的洛克希德馬丁公司在再出發後，陸續標到巨額國防經費，提升了公司聲譽及士氣。只是平均來看，員工的年齡層次提高了〈年輕人都想去商業公司發財〉，老中人數也增加了。所有的老中第一代移民，幾乎全是中年人。

算算一般老中出國念書，拿學位時已年近三十，再進第一家公司等綠卡又熬五年成公民，已是三十五以上了，等經過「忠貞」考驗以進國防公司各項機密以上的計劃，則非四十靠邊不成。

我們這群鬢髮漸白、心情微近中年的老中，在中午聚餐時都談些什麼呢？答案是什麼都談，就是不談工作。

每天在公司園區內，看到停歇在聯邦機場內的架架藍鳥，映著晴空白雲，那首童謠「造飛機」就在我心深處響起，一遍又一遍。我曾有過的少年夢想及青年的凌霄壯志似乎也凝結在寂靜兀立的機身上。

久違了，藍鳥。

大衛的聖誕卡

小學一、二年級時喜歡蒐集聖誕卡，尤其是那種上面灑滿了金粉或銀粉的。也因此愛上教堂或主日學，只等著結束時好從洋神父或修女手中領到美麗的卡片。那些卡片上經常有白雪皚皚的小屋，門上掛著飾以大紅蝴蝶結的青松針環，窗前擺著棵盛開的聖誕紅，壁爐裡燃著熊熊的火光。灑銀粉的卡片多是一對搖動的銀鈴，灑金粉的則常是株裝飾亮麗的聖誕樹。加上聖誕老人、馴鹿和雪橇上的聖誕禮物，這些圖片為我築起童話般的瑰麗世界。

開始了解卡片的用意是在來美國以後。圖片早已不再重要，可貴的是卡片後那縷伏案抒發的情懷。久失聯繫的朋友藉著聖誕卡報告近況，天天見面的同事借聖誕卡彼此聯誼，每張卡片都是溫馨的問候和誠摯的祝福。聖誕前夕將成疊同學和工作同仁贈送的卡片帶回家，和遠方朋友的卡片一起放在案頭和壁爐架上，配著升起的爐火，不由感激在天寒地凍時這個暖人心窩的發明。

就這麼不知不覺地存下兩大抽屜經過篩選的聖誕卡。這些歷年來曾令我感動的卡片，隨著電子聖誕卡的風行，已成快絕跡的珍貴收藏。在色彩繽紛的卡片中，有一張素樸的自製卡，正面以電腦明體寫著「危機」兩個大字，另一張彩繪辦公室卡通畫，也是自製的。每回拉開抽屜看到這兩張卡片，就想起那段與大衛同營的日子。

那年在L公司等著身家調查通過，好進入A計劃（Program）做事。該計畫剛拿到新的國防合約，正在大張旗鼓吸收新血。沒拿到身家調查清白卡（Program Security Clearance）就進不了A計劃，就好像沒有車票就上不了公車。在身家調查通過之前，新雇員就像南北海鮮被擱進冷藏室等待著被解凍的一天。

其實叫海鮮是我自抬身價，我們的代號是「蘑菇」（mushrooms），我們的辦公室被稱為冰箱（icebox）。這些都是已有清白卡的人對沒有清白卡同事的謔稱。拿到清白卡的人，蛻變成「真人」（real people），再搬到別號坦克

（tank）的密室裡，開始真正地工作。

我進入雪藏時，辦公室裡已經有約翰、馬可和路加三位難友等著身家調查。我加入後建議將蘑菇改成藍色小精靈（smurf），冰箱改成軟體工作室（software lab），三位和新約福音同名的美國大漢哄然叫好。名稱改良之後，日子雖仍百無聊賴，我們的自我感覺卻提升了。彼得在我之後報到，接著來了個保羅。這時作了多年單身漢的約翰再也忍不住了，大叫著：「我們需要瑪麗！」不料接著連來了三位大衛：一個是菲律賓裔第二代移民；一個體形魁偉，留兩撇小鬍子酷好歐洲中古武士劍術；第三個金髮碧眼，平日喜歡拳擊。三名大衛都是六呎以上壯漢，相比之下原先五位男同事都顯得瘦小文弱。

沒有相當於通行證的清白卡，派不到正經工作，只能簡單輕鬆地打打雜及上課唸書。這段日子是一般上班族夢寐以求的「錢多事少離家近，睡覺睡到自然醒」，但時間久了令人想逃。那年聖誕節前，歐洲武士大衛彩繪了多張卡通笑話，權充聖誕卡，掛在我們每人的隔間外。這些精選的辦公室冷笑話像雪中熱炭般，每讀一遍就溫暖我們淒冷的情懷。

當A計劃經理魚大衛終於撥冗前來拜訪我們時，軟體工作室已經有十五個人了，多數人正在重整履歷表預備換工作。魚大衛是加州理工學院的航空工程博士，平易近人詼諧風趣，體形像卡通人物查理布朗，圓圓的大頭上長著稀疏的幾根頭髮。魚大衛的來訪像暖風吹進冰箱，讓我們凍結的興趣又活絡起來。他與我們約好每星期集會一次，將能解密的A計劃現況告訴我們，又派了些「真人」來軟體工作室給我們一些工作。

魚大衛特別喜歡老莊哲學，尤其常把「危機就是轉機」（Crisis is the dangerous opportunity）掛在嘴上。在他央求下，我用不同中文電腦字體畫了各種形式的「危機」和「轉機」字樣電傳給他，居然令他像小孩般地高興。

在工作室磨劍八個月後，我終於拿到通行證，進入A計劃。約翰沒有拿到通行證，早已轉到公司內其他部門；路加在樓下A計劃的舊部門做事。魚大衛負責樓上新部門，約有五百員工，正是一個營的人數，其中一百人是軟體工程師。馬可也在樓上，在我成為「女真人」那天，送了我一大捧花。菲律賓大衛和歐洲武士大衛也相繼來到樓上，與魚大衛同營。

其實真正拿到新A計劃的承包商是R公司，它再發包給我們和H公司以兩年為期彼此競爭，以爭取作次承包商。經過一年多的努力，我們完成了所有軟體的細部設計，而H公司卻略過細部設計，直接寫就程式初模（prototype）。程式初模能作簡單功能示範，細部設計卻是一部部厚厚的功能解析手冊。

在另一個聖誕節前，R公司選擇了H公司作為次承包商，我們被踢出局。五百員工只留十二人，繼續寫程式初模。我雖在被留名單中，卻並無絲毫喜悅，和大部份同事們一樣積極另尋他就。兩星期後我向魚大衛辭職，預備儘速離開L公司。魚大衛又提起危機就是轉機，但是我卻沒有留在危舟中積極奮戰的勇氣。

臨走前向魚大衛話別，從他手中接過他自製的聖誕卡。正面印著「危機」兩個明體字，內頁以仿宋體寫著「轉機」兩個更大的黑字，背頁印著他的英文名言。我相信他的格言，只是我已不再年輕，身上背的房債及子女教育等各種債務，磨去了我和命運賭一把的豪氣及和老板風雨同舟的義氣。

這些年來，我不知道魚大衛的計劃是否起死回生。但是他的樂觀及鬥志卻常提醒我，成功是有風險的，就像高枝上的金蘋果，只有不畏不懼的勇者才摘取得到。沒有從空而降的聖誕老人，使我美夢成真，所有童年時因聖誕卡而起的憧憬畢竟只是神話。

好夢由來最易醒

人生最美，有夢相隨。大多數矽谷工程師的夢想很實際，就是早日發財。讓日子不再兢兢業業，讓自己隨時可以提早退休。有一段時期我也作著同樣的美夢。

為了讓自己的美夢早日成真，大公司是絕對待不得的，必須像沙裡淘金似地尋找好的初創公司。如果自己的公司上市了，等於被天上掉下來的餡餅砸中，或是黃金堆在門口，換句話說就是美夢成真。

新舊世紀交替之際，網際網路興起，帶動了風起雲湧的電子商業及達康（.com）公司。幾乎每天都有達康公司憑著新的理念和新的願景上市，造成公司前一百名員工立成百萬富翁的新聞。每次讀到這種新聞，都令我大興有為者亦若是之嘆。臨淵羨魚，不如退而結網。要在達康公司裡混出頭，先得把淘金本領速速練成。

一九九八年初，那斯達克股市綜合指數（NASDAQ）一千六百點，我已在洛克希德火箭太空公司裡磨劍六年加上以前在ＩＢＭ的七年，我已經有十三年的工作經驗了。該換個小點的公司了，給自己先適應一下，熱熱身再做下一步打算。

在員工人數約二千的Ｄ公司嚐到高薪、紅利（sign-on bonus）、股票贈與（stock option），和公司買股選擇（stock purchase）各種甜頭。難怪我許多離開ＩＢＭ的朋友都快樂地抱怨當初應早點離開象牙塔去下海撈金。

一九九九年初，那斯達克二千五百點，我還有女兒及侄女在身邊念高中，只得再回爐到洛克希德火箭太空公司裡繼續磨劍。一九九九年底，那斯達克指數繼續攀升進入四千點，我的養兒育女生涯也告一段落進入空巢期。我站在十字路口，不能決定是否該邁入更艱苦的戰場，還是退出江湖折向另一片天空悠游自得。

矽谷的中國男人實在幸運，隨時隨地都可以掌握機會，創造事業的高峰。只要有挑戰有高薪，工作的時間和地點都不成問題。從矽谷到新竹再到上海、北京或深圳，留下老婆守著家園守著孩子。相對地，矽谷的中國女人實在不幸，身兼嚴父慈母，還要在職場上打拼，像兩頭點燃的蠟燭，沒有餘力追尋自己的夢想。能夠職場逐夢是少數的幸運兒，大多數的女人仍是傳統下的犧牲者。

聖誕節時和凱娣相約喝咖啡，提到她離開大公司跳槽到一家剛上市的網際網路公司。同事之間有一種共同打天下的革命感情，工作氣氛實在是美極了。可惜她加入太晚，公司已經上市。她打算下星期立刻跳槽到另一家初創公司好成就自己的美夢。隔了兩天，我在超市買菜碰到年齡相若的卡洛。她剛提早退休，她的老公一年前參加了一家初創公司今夏上市，不過半年股價已攀升過百。連番刺激之下，我決定放棄金盆洗手，拿起寶劍出關叩向初創公司。

千禧年初求職市場（job market）一片大好，軟體工程師供不應求。我的履歷表上有爪哇程式及無線通訊加上大公司底層經理經驗，在求職會場（job fair）裡轉了一圈當場拿到兩個口試機會。隔了兩天接到四家公司的應考機會，又一個星期下來，拿到了三張聘書。二〇〇〇年三月，那斯達克指數進入前所未有的五千點大關，我也正式下海到B公司做發財美夢了。

工作一兩個星期下來，萬丈豪情已減半。公司擴充太快，新雇員都在樓下車庫辦公。為了通氣，辦公室大統倉的門鎮日打開，不時可聽聞到各種車輛的噪音和廢氣。公司強調這只是暫時現象，半年後公司會集體搬到隔壁的辦公大樓。我也只得神色自若，發揮超級適應能力以老莊思想加顏回及阿Q精神來等待未來陽光燦爛的日子。

我的職稱是軟體測試組長，有三名組員。做了多年的軟體設計來做軟體測試，比純作軟體測試者更知道問題的癥結。白箱黑箱加上全自動化，我抓出的蟲子（bug）質與量都是全組之冠。加上敬業樂群苦幹實幹，照理說應該獲得重用及上司的青睞，但我既不吹牛也不拍馬，做苦工有份，升官發財就輪不到我了。

我的老闆荷西官職高級指導，對自己的交際手腕及政治本領頗為自豪。除了我及我的組員，他的其餘團隊全來自以前的公司，是他的基本班底。他向公司爭取電動打靶機一枚，釘在我所處的車庫辦公室牆上。每天帶著班底兄弟們下來玩打靶比賽數次，每次將近半小時。遊戲時喧叫震耳歡聲雷動，我都如老僧入定不聞不問，專心工作。我有這套從小練就的本領護身，只不知同辦公室裡其餘的工程師心裡作何感想。

荷西的愛將約翰拒絕在車庫工作，荷西特准他在家辦公。約翰自此在家將養而無任何工作表現，他一會兒要照顧住院的老爸，一會兒要照顧生病的老媽，再不就出國參加國際舞大賽，拿著全薪逍遙自在，終於在所謂的在家辦公十個月後被公司開除了。

政治鬥爭無所不在，初創公司更是鮮明露骨。荷西和工程副總水火不容，管理風格又被人抓住小辮子，官職吊銷成平民老百姓等於逼他走路。荷西臨去前，希望我能追隨他而去，我婉拒了。他又提出在下個公司找我做底層經理，我仍然婉拒了。這第一碗初創公司的味道已足夠我終生回味，沒必要再端第二碗。

荷西曾要求上級提升我，被工程副總否決而改派自己的心腹愛將哈利暫時接管我們。我組裡一位越南男孩，好不得意地向我誇耀他經常和公司的執行長共進午餐，並宣稱他自己會是個公平的新老闆。原來在公司醞釀趕走約翰和荷西時，執行長常約他一對一午餐和打保齡球，以收集反面情報並攏絡他。荷西被趕走後，執行長酬勞了小越南三個星期的返鄉假並贈送他來回機票。

小越南去逍遙度假，他的工作全部由我接手。加上一名組員剛剛辭職，我的工作量大幅驟增。來公司一年，我沒有請過一天假，倒是經常在晚上及週末獨自加班苦幹（work hard），讓深諳工作表現（work smart）之道的小越南搖頭嘆息頻頻勸阻。

一年的評分考績終於在小越南度假時批下來了。我老闆臨走前所寫的評語全部被竄改，哈利加上一堆批評我英文的評語，並把另外一樁公案栽在我頭上。原來大半年前，公司雇了一家顧問公司替我們寫程式，工程副總負責驗收對方的程式並作初步測試。我在之後的系統測試時，卻發現重大毛病，證明了顧問公司的程式不能達到我們的需求。這原該在初步測試時發現的結果，弄得公司董事長十分震怒，副總灰頭土臉之餘卻把我和我老闆恨上了。當時幸得公司一位工程師花了一星期不眠不休地把程式全部改寫，再加上我不懈地配合測試，才使得產品如期出貨。該名工程師事後得到公開嘉獎及升職加薪，而我卻被扔在一旁吹冷風。

這樁公案赫然出現在我的評分考績裡，並指名因為我的緣故讓公司損失若干若干之詞。如此黑白顛倒的控訴終於使我恍然大悟，原來在工程副總眼中，我和我老闆是一國的，他早就把我當作敵人了。

一星期後，我遞上了辭呈。五天後小越南度假歸來，此時我已把他的工作全部趕完。小越南拿到他的評分考績，他是全公司一百多名員工裡評分最高的模範員工。

在我辭職前夕，公司新聘了一位老印做測試經理，小越南空做了場白日夢。

就在我為B公司埋頭苦幹的一年裡，那斯達克指數從五千點高峰垂直下跌到一千六百點，並繼續向不見底的深谷滑落。轟然一聲，無數人的美夢成了噩夢。數不清的網路通訊和達康公司也像七彩肥皂泡沫一樣破滅了，正如我的黃粱一夢。

輯二

師友過從

明月來相照

曾經有一條小巷，曲折幽深，明月住在裡面。那時的明月大約十一、二歲，梳著兩條麻花辮。她長得舒眉朗目，個性和煦，像天空的一輪明月。她從不和人爭辯，只是呵呵地笑，笑得眉眼下彎嘴角上揚，惹得和她爭辯的人也忘情地跟著笑了起來。明月住的那條小巷也很尋常，明月就是那種街頭巷尾常見的鄰家女孩，永遠帶著可愛笑臉，讓人感覺溫暖舒適。我從不刻意記下那條小巷的名字，只管叫它明月巷，只因明月住在裡面。

我和明月小學五年級同班，座位前後相連，她常回頭和我吱吱喳喳地談天說地。我們當時是男女合班，而且每一個女生都和男生相鄰而坐，共用一張課桌。在那個時候，那個年紀，男生都是很可厭的。他們經常扯女生的辮子，故意衝斷我們正跳著的橡皮筋，和在女生抽屜裡放些嚇人一跳的可怕玩意。我們都不和隔壁男生講話，倒常交換對付男生的教戰手冊。放學時我和明月結伴從學校後門回家，以避開在大門口聒噪的同班男生。在我們當時心裡，真是討厭男生到極點。

有一次作文課，題目好像是〈我的母親〉，或是〈我的父親〉。很尋常的題目，我很快地寫完，好早點看老師提供的課外書。明月寫得很慢，而且上半身壓著左手臂一直趴在桌上，好像身子不舒服。發還作文簿那天，明月被老師請上講臺唸她寫的文章。傍晚的餘暉灑在她圓圓的蘋果臉上，她哽咽地一字一句艱難地吐露著：「八歲那年，工廠著火，爸爸媽媽為了救我們三個小孩，自己被燒死了。」我永遠不能忘記當時的震驚。像朗月般的她，竟有如此淒苦的身世。全班同學，包括平日可厭的男生，許多人都掉下了眼淚。

不久，我轉學他校。初中時，我們都考進了穿水手裝的女校，而且又成了同班同學。我當時常騎腳踏車上下學，不常和明月同行，但放學後常逛到她家串門子。父母雙亡的明月姊弟被三伯三媽收養，和他們的獨子共同生活。她家在小巷深處，紫羅蘭攀著紅漆大門，門開處滿庭芬芳。明月的三媽常用江南女子的細緻溫婉招呼我。我們邊喝著冰糖蓮藕湯，邊聽她對我們頭髮的意見：

「什麼耳上一公分，好好的小姑娘，每人都頂著難看的西瓜頭，腦後留著西瓜皮。」三媽憐愛地撫摸著明月後頸那塊剃得青青的頭皮。明月仰著臉看著三媽，笑得燦然。

初一時我負責編班刊，和另一叫春燕的同學經常胡亂寫些非詩非詞的東西充門面，是標準的為賦新詞強說愁。我們以喜怒哀樂愁怨為名，彼此唱和。我剛謅完以樂為題的詩「幾時聞鶯語，詫然已二春。忽開深鎖眉，格格滿室春。」春燕以愁為題的詞也寫好了「誰伴碎窗獨坐，萬千心事難寄。深雲已是漫漫，多雨亦如悽悽。春江花月逝矣，好個淒涼的我。」我大叫著好棒好棒，拿給明月欣賞。

幾天後在明月家初次見到她三伯三媽的獨子，明月喊他三哥。他那年剛從建國中學畢業，考上臺大醫科。「我看了你們寫的東西了。寫得很好，只是那篇寫愁的模仿李清照太明顯了。」三哥翻出李清照的〈如夢令〉，指著上面的「誰伴明月獨坐，我共影兒兩個。」三哥溫文地笑，嘉勉幾句後，又拿出一疊建中校刊供我編班刊參考。望著他清瘦的背影，我突然發覺原來男生不都是那麼可厭的，深情且溫文爾雅的男子並不只存在小說中，在現實生活中也有可能。少女情懷總是詩，我以後和明月交換著看各種浪漫小說時，心裡也有個模模糊糊的憧憬身影。

和明月相約看電影，邵氏李翰祥編導的《梁山伯與祝英台》。進場前毫無概念，只知道是古裝片，由古典美人樂蒂主演。買了烤魷魚和雪糕，兩人在電影院慢慢咀嚼。前半部劇情基調本是輕鬆可喜的，祝英台十難馬文才，祝英台反串到書院唸書的趣事，呆頭鵝似的梁山伯，銀心和四九的插科打諢，和經常畫寢逗趣的馬文才。可是看著看著，梁山伯求婚被拒，祝英台被迫嫁給馬文才，演出一場悽楚的樓臺會，我們已開始找手帕了。再看到梁山伯一病不起，祝英台哭墳，我們的手帕已溼透。終場時，兩人坐在原位唏噓了好久才慢慢起身。「太偉大了。」明月紅著眼感嘆男女主角的殉情。「太可憐了。為什麼一定要死？」我用衣袖抹著眼淚。「因為愛。」大我一歲半的明月莊嚴地說。十二歲的我帶著滿腦遺憾及疑問，和明月一腳高一腳低地摸出電影院。

高中聯考時，明月意氣消沈，髮上繫著白絨線。她哀痛地告訴我她親愛的三哥過去了。幾天後中央副刊上刊載著一篇紀念他的文章，是他的一位父執寫的。他八歲患血癌，開始與病魔戰鬥長達十三年。這中間進出醫院無數次，吐血輸血，切胃治療。因為病痛，立志學醫，希望能解開癌症之謎。一生樂觀奮鬥，臨終前還安慰吞聲飲泣的父母「感謝上蒼多給了我十三年」。上蒼卻讓明月又一次經歷了親人死別，也使我的心裡添加了莫名的傷痛。

高中三年，明月和我都換上綠衣黑裙，又做了同學。雖然不同班，我們經常搭同班公車回家。我們絕口不提三哥，雖然他永遠活在我們心底深處。明月也改口叫她的三伯三媽為爸媽，和自己的妹妹弟弟一起安慰著痛失愛子的他們。

那幾年，明月家以養洋雞為副業，芬芳的庭院成了養雞場。一籠籠的來亨雞、洛島紅和蘆花雞疊在雞棚內，溫熱的燈光炙烤著一枚枚新鮮的雞蛋。明月姊弟常和我比賽哪一種雞下的蛋最多，四個人興奮地在雞棚裡數著蛋。後來一場流行性雞瘟結束了明月家的副業，也結束了我們在沈重聯考壓力下自創的遊戲。

大專聯考放榜，明月去了臺中。在仿唐式的校園內，在大度山的清風明月裡開始享受青春及我們嚮往已久的大學生活。她的來信常令我看了怵目驚心：「我要轟轟烈烈地愛上一場，即使粉身碎骨也在所不惜。」

寒暑假時明月回來台北，還是一樣的樸實，一樣的鄰家女孩妝扮，微笑地在她家巷口迎我，再挽著我的手臂走進巷底。轟轟烈烈的愛情一直沒有出現，我們平穩地走過四年。

出國前我到她家道別。陪她弟弟下了兩盤西洋棋，和她妹妹一起烤小蛋糕，吃了一肚子甜點後，和明月走上淡水河堤。我們話說得不多，也許不曾預知留學正如古代的陽關，將會硬生生地斬斷所有的情緣。坐在堤邊，撩撥著美麗的酢漿草，靜聽著彼此的留學計劃。伴著我們成長的淡水河在夕陽下波光瀲灩，無言地奔向浩瀚的海洋。

那是我們最後一次見面。從此以後，我走入了人生的戰場，經歷了人生的風風雨雨。中年以後，重擔漸除，腳步漸緩，開始有餘力參加各式各樣的重聚。我也到處打聽她的下落，答案是不知所之。她的高中同學也在尋找她，最後的消息是她在紐約為情自殺。我相信這只是謠言，明月不會撇下深愛她的三伯三媽妹兒和阿弟，縱身於烈焰般不長久的情愛。

明月的故事還沒有完，我知道。有一天，我會和她相逢，執手相望，回首一生，也無風雨也無晴。這事一定會發生，因為在我的夢裡，這個場景一再出現。她恬然一笑，像天空高掛的明月，照著人打心眼裡舒坦，我們手挽著手走進她大開的家門。

林姐

大學畢業後，我做了某海洋研究所地質教授的助理，同時準備美國大學的入學考試。

我的老闆是美籍客座教授，我這助理工作也比別人多樣。我每天清晨比老闆早到辦公室，用咖啡壺煮出濃淡合宜的咖啡讓他享用，接聽電話及翻譯中文書函。我的工作還包括到實驗室作土壤分析，到圖書館借書，陪老闆出席會議及隨身翻譯。我每天忙碌地進進出出，再加上每晚上補習班修「托福」（Toefl）及GRE，不到一個月就身心俱疲。

我不計較工作量大，及薪水只有一般助理的一半，卻在乎沒有唸書的時間。在連續兩晚陪老闆參加文教活動而耽誤補習班上課後，我以薪水太少為由提出辭呈。當老闆震驚之餘，勉力向所長爭取到一般助理的正常待遇後，我仍然堅持去職。在我當時的心目中，工作只是過渡期的點綴，留學才是最終目標。我急不可待地擺脫掉這份工作，全不顧所裡是否找到替補。

最後一天上班，將上午做的實驗報告用英文打字機打好後交給老闆。他派我到大學部地質系借書及書目卡，還向所長借來黑色專用轎車及司機供我來回奔波。出發前向圖書館員確定持有那本指定參考書後，便直奔而去。

迎接我的是林姐。三伏天裡在四壁書牆上下攀登，微胖的她滿臉淌著汗。整個系圖書館只她一名工作人員，包辦所有的事。

「工作，不停的工作，二十年如一日。停下來時，望著近處小學的喧嘩及遠處的青山，心裡便一片寧靜。」我隨著她在窗前小立，試著用較澄明抽離的心態看這大千世界。

多年堅守崗位，她詳知系裡的人事。她稱許陳師，在大學時就勤奮向學，去美國攻得博士後回母校執教。陳師和我老闆相熟，也是他陪著我老闆向所長爭取成我的合理薪資。所裡的研究生都認為他人極好，我自己也深深體會。三十二歲已成家有子且是特聘教授的他，在林姐口中更為鮮活。林姐又舉出另一個院長，事事身先學生的幹勁。

「中華民國就靠這些人的傻勁，這批不計名利的耕耘者。」她微笑著遞給我早已揀出的參考書。不知為什麼，我的臉紅了。

我對著滿櫃書目卡，無從下手。林姐捧了一大疊給我，女兒政大、兒子清華的她有一顆慈母的心。我離開時，林姐直送到系館外向我揮手。我沒告訴她，這是我的最後一天。兩小時前，我親自向陳師遞上了辭呈。我的第一份正式工作只維持了五十天。

那天和林姐擦肩而過，讓我永遠記得她的敬業及熱情。更在心頭鐫刻下她所代表的那個時代裡，那批埋頭苦幹、腳踏實地，一步一腳印的人們所織成的高大身影。

炸醬麵、肉絲米粉和魚丸湯

第一次嚐到肉絲米粉和魚丸湯是在初中的福利社裡。其實多半的時候還是帶著母親準備的便當上學，偶爾出門匆匆沒帶便當就在學校福利社裡解決中餐。福利社裡沒什麼選擇，就只有這兩樣菜式。

不知是福利社裡的廚子不高明，還是巧婦難為無米之炊，這兩樣東西都不好吃。肉絲米粉用小小一把白白的米粉，泡在味精料理成的清湯裡，加上幾根細細小小還不夠塞牙縫的肉絲，價錢可不便宜。魚丸湯也不知是用什麼魚漿做的，兩顆丸子既不爽脆也不鮮，攙了味精加了芹菜丁的湯倒聞著蠻香的。每回到福利社，都是左思量右打算。只吃米粉吧，不到兩小時就餓了，下午還有四堂課呢。只好兩樣都點，喝它一肚子湯，希望能撐得久一點。心裡可是一邊暗罵黑店，一邊暗罵校長吝嗇。

我們的校長是位至少六旬的老先生，每天一早就全校巡視，經常在操場一端垃圾箱旁掏掏撿撿。那時不知什麼叫資源回收，只覺校長拾荒撿破爛，形象太差。早上開朝會，校長照例在講台上用他濃濃的台灣腔調給我們來一段民族精神講話，我們則嘻嘻哈哈地在下面小聲取笑他的例行開場白「各位老輸，各位同鞋」，對充滿大道理的講話內容一個字也聽不進。

初一時，我們這後面四班的教室外有一長架紫羅蘭，遮得陽光透不過窗隙。每回上課，任課老師都得開電燈才能寫黑板，但是每回都被經常全校巡視的校長「抓住」。他總是一邊喝斥縮在一旁的老師，一邊痛罵我們「浪費國家資源」。幾次以後，沒有一位老師敢在白天開燈，我們就在黑暗的教室裡上了一年的課。第二年我們終於換了光亮的教室，但全班同學包括我在內已有三分之二成了近視眼。

我爸媽痛惜我的視力被糟蹋，帶我看台北最有名的眼科大夫，打葡萄糖針，企圖恢復我往日的視力。當然所有的努力全然無效，我成了全家惟一的四眼田雞。近視以後，很多幻想都破滅了。以前每天騎著幸福牌變速自行車從中正橋高速滑下時，自覺英姿颯然，頗有白馬嘯西風、鐵騎英雌之感。戴上眼鏡之後，只覺索然。以往看浪漫小說，也會偷偷幻想自己是書中女主角，近視後才發覺所有的女主角都不戴眼鏡。

我還是偶爾上福利社，不情不願地嚼著肉絲米粉和魚丸湯。喝湯時，撲面的熱氣在眼鏡上結霧，更使我在心底痛罵害我近視的校長。初中結束，考上高中。更常上福利社了，可以吃到「鐵餅夾標槍」和各式麵點。所謂的鐵餅其實是烤得結實的烙餅，北方人叫火燒；標槍則是用醬油辣椒膾的一竹串蘭花油豆腐。把熱騰騰的蘭花油豆腐塞在剛出爐的香脆火燒裡夾著吃，可保一上午不餓。中午再來碗料多實在的大滷麵或炸醬麵，更讓我摸著肚皮叫飽。尤其是炸醬麵，滿滿一碗手拉麵的澆汁裡攙著切得細細的五香豆腐干、磨得碎碎的肉末和青綠蔥花。同樣的價錢從初中福利社裡的肉絲米粉換成山東老鄉的炸醬麵，從清湯寡水的魚丸湯換成厚重香腴的「鐵餅夾標槍」。我在心裡感激我的高中校長。

我的高中校長也每天在朝會時用她濃濃的江浙口音給我們來一段青年守則或四維八德的訓話。我還是春風過耳，聽過就忘，但是從來也沒人取笑校長的腔調。我們只要一想到她一生從事教育辦學校，以校為家從未結婚就肅然起敬。對照初中時的校長，我認為我的高中校長寬厚實在，如同料多味醇的炸醬麵。初中校長則像當年福利社裡的肉絲米粉，名實不符沒滋沒味。

走過青春以後，對外表不再介意。近年更是連軟式隱形眼鏡也不戴了，常年一副眼鏡，乾淨俐落。加了濾光的鏡片還有保護眼睛的功用，我早對成為近視淡然了。

多年來，我從不吃煮米粉和魚丸湯。就連這些年來流行的越南米粉和潮州米粉，我也只吃加了醬油炒過的。白慘慘的煮米粉和魚丸湯，讓我憶起我灰白的少年。炸醬麵成為我常做的家常菜，除了五香豆腐干、肉末、蔥花還加上金針菇、洋菇和筍丁，上桌時再拌上生脆小黃瓜絲和在麵條裡。吃的不僅是記憶裡的味道，更加上一份感恩的心情。

一個秋日，在蘇州旅遊途中遇到多年不見的初中同學道愷。我們打開記憶的匣子，談起班上種種趣聞。她記得在校園裡的荷花池摸校長寶貝金魚時，她的新錶不慎掉進了池裡，全班同學幫她打撈，雖然撿回新錶但也把荷花池搞得亂七八糟，因而全體被罰掃廁所。我想起初二在操場上女童軍露營時烹飪比賽，我建議把幾道菜裡好料全集中在端去給老師品嚐的碗裡而使我們拿到全校冠軍。我們倆都參加鼓笛隊，常拿著笛子在同學耳邊嗚嗚亂吹。說著說著，許多塵封的往事一樣樣浮起，我們的眼睛都亮了起來。

我們各憑記憶拼圖。我才憬然原來我們班上如此調皮，原來我的初中生活如此有趣。道愷認為她的初中比高中快樂，因為大專聯考還很遙遠，也因為同學活潑可愛。這麼多年來，我第一次仔細地回想比較，也不得不同意我的初中並不灰白。上課輕鬆愉快，下了課經常和同學們鑽電影院看一張票價兩部名片，週末郊遊踏青串門子。流金歲月裡，惟一的遺憾是成了近視，而且一直認為是校長造成的。但這真是惟一的原因嗎？是不是也由於我淘氣愛亂帶別人的眼鏡或是晚上不睡覺看小說累得？為什麼同在一間教室的道愷迄今也沒有近視？

旅遊回來後和一位同一所初中畢業不同班的朋友偶然提到我們共同的初中，她的第一個反應竟是感謝初中遇到好校長。我們的初中是市中聯考裡許多女生的第一志願，她聯考時分發到別的學校，後來申請轉學。校長顧念到轉學生的心理，不特為人數眾多的轉學生開班，卻將她們分別插進各個班級，以泯滅間隔區分。此舉保護了她那顆稚嫩少年期特有的強烈自尊心，她這一輩子都感激當時的校長。

相對她手中那片亮澄澄的記憶拼圖，這麼多年來，我執意捧著一小片灰白而忽視完整的拼圖，堅信著自己偏頗的判斷而肆意詆毀一位曾春風化雨的長者。其實我的初中校長是個以身作則的教育家，走過五十年冗長的日據歲月，仍能說得一口漢語，何等不易；經過物質匱乏的年代，養成珍惜資源恆念物力維艱的習慣，有何不對？接過一所百廢待興的學校，兩三年內打造成台北市最負盛名的女子初中，是何等的能幹。更別提他老先生在同一所初中做了二十年校長直到退休又是何等地執著和敬業。

緬懷往事，我越想越覺得慚愧。

啊，明天我要來碗肉絲米粉和魚丸湯，一邊細細品味湯裡的鮮香，一邊對辭世多年的校長遞上無聲的道歉。

吃素的男孩

那年秋天來到美國俄亥俄州的小鎮，年輕的心盛滿飛騰的願望。在研究生課堂上結識了約翰和約書亞，加上彼此共用一間助教辦公室，就和他倆做了朋友。

約翰身高至少六呎，臉頰紅潤體格健壯，一頭濃密的垂肩金髮常在腦後紮成豬尾巴，一手詳實工整的筆記更是我每堂課後的恩物。他茹素多年研究禪學，對東方哲理著迷，把我這個平生第一位認識的老中同學當成天外飛來的中國通。他常常央我解釋儒、釋、道的基本定義及區別，使學理科的我汗顏不已。為了不使他失望，我只得搜盡枯腸用有限的英語詞彙全力應付。當時電視影集《功夫》正熱門，他每集必看，第二天必把主角少林僧者嘴裡冒出的哲理拿來和我討論。為了報答他借筆記的恩情，我也抱著本英漢辭典嚴陣以待。午餐時分，他咬著花生醬（peanut butter jelly）三明治，我啃著滷雞腿三明治在我們狹小的辦公室裡口沫橫飛地上演著一場又一場的「當東方遇見西方」。

不殺生的約翰和我搭配帶大一普通生物實驗課。他解釋實驗重點，我扮演冷血殺手。配合著他的解說，我捏著活生生的白老鼠一扯一扭幾秒鐘就結束了牠的生命，再俐落地作解剖示範。當我笑嘻嘻不無得意地幫尖叫的女學生們解決一隻又一隻白老鼠時，無意中看到約翰緊皺的雙眉而陡然心驚，這才意識到當年二十二歲的我竟已麻木到不再尊重生命。想到我平日振振有詞地向他誇說中國人的仁道更是羞慚，真不知以後還有何面目和他繼續文化交流。幸好約翰和煦如前，筆記照借，討論照舊，無論是課業還是中西文化。

為了安全，所有的實驗室都標示不准光腳，約翰就在教室裡光著兩隻大腳，算是崇尚自然的實踐而絕不碰當時校園流行的大麻。我從不認為約翰是頹廢的嬉皮（hippie），直到有天傍晚我在圖書館二樓讀書，聽到外頭腳步紛沓，又聽到有人高喊。我隨眾湧向窗前張望，才知道竟是一群學生在校園為反越戰而裸奔，我一眼看到約翰的披肩金髮驚得我立刻調開目光離開窗口。相對於約翰的坦然，我反而有類似偷窺者的窘迫侷促，這天以後我好久不敢面對他。

期中考前夕，約翰的房子和家當一夜間被龍捲風吹走。兩天後，滿臉于思的約翰穿著件印度寬袖花衫出現在辦公室，他彈著吉他唱著彼得西格（Pete Seeger）的〈花兒都到哪裡去了〉（Where have all the flowers gone），一遍又一遍。我放下書本加入第二段唱著女孩都到哪裡去了，約書亞加入第三段唱男孩都到哪裡去了。約翰哽咽著接唱第四段和第五段，我和約書亞在一邊輕哼著旋律，陪著約翰掉眼淚。歌詞裡重複強調著花都讓女孩摘走了，女孩都嫁給了男孩，男孩都成了戰士，戰士都躺在墓園裡，墓園裡鮮花圍繞，這已是久遠的往事而我們何時才能醒悟。那天下午在叮淙的吉他聲及約翰悲涼的歌聲中，我終於體會到約翰對反戰的堅持和對回歸自然的嚮往，這對自小就被各類教條灌輸在政治框框下成長的我不啻醍醐灌頂。

約書亞比約翰清瘦，也有六呎身高，棕髮褐眼，是已婚的基督徒。基於健康理由他也吃素，帶著老婆準備的各色沙拉和烘烤的甜香餅乾，讓每天都吃花生醬三明治的約翰直吞口水。聽了我對月餅的描述，約書亞在中秋那天特別烤了個又圓又大含洋菇橄欖的素什錦披薩送給我，算是另類月餅，讓我既解鄉愁又解饞，當然其中一大半還是讓約翰分享了。

約書亞知道異鄉遊子的寂寞，每到節日就寄邀請函給學校的外國學生來家歡度。

萬聖節請來二十多個原本不認識他的國際學生在他家用軋麵條機作義大利麵，用新鮮蕃茄作成可口醬汁，把南瓜雕成笑臉作成燈籠。吃完尾食南瓜餅後，大家在妝點著南瓜燭燈的地下室裡，在手風琴伴奏下跳著美國民族舞，唱著美國民謠及輕快聖詩。在歡樂氣氛中，約書亞不著痕跡地把美國風俗習慣和宗教介紹給外國留學生。感恩節及耶誕節我另有去處沒參加約書亞的派對，據說各有五十多人應邀參加。驚佩之餘，我不禁開始思索讓約書亞這對窮學生夫婦如此慷慨熱情的原因。

第二年春天，約翰和約書亞兩人都拿到醫學院入學許可，研究所只是他倆求學生涯的休息站。我也決定轉學去紐約，就在那年夏天我們三人各奔東西，從此再沒有見過面。

約翰和約書亞是我在美國最先結交的洋朋友，他們各以政治理念和宗教信仰向我展露美國文化中真實善良的一面，讓我在美國的人生旅途中即使身處逆境卻仍深懷信心。我永遠也不會忘記這兩位吃素的男孩在我初來美國的艱澀歲月中曾帶給我的溫暖。

空梁落燕泥

燕子走了，飛回溫暖的東南方，結束了她一天一夜旋風似的訪問及剛溫熱起來的多年友情。我從舊金山機場開車回家，一邊收拾她昨夜曾停留的客房，一邊想起我們未盡的絮語。幾年不見了，我們有成筐的話要傾倒，正如這過去三十年中的每一次見面。

早上我帶她逛此地的華運會時，碰到我一位朋友，燕子自我介紹後稱我是她最老的朋友。我很感動她對我的看重，其實我更珍惜她對我的情誼，和與她共度的青春歲月。

認識燕子那年是大一暑假，我們同組一起補修生物解剖課。解剖課過關後，一起去郊外爬山，一路上唱歌吟詩埋下芬芳友誼的種子。我們都想離家在外住宿，體驗鹿橋筆下大學生的生活，或譜一首自己的未央歌。開學後我們結伴在校外賃屋而居，成了室友。那一兩個月裡，我們清早起來打扮齊整後從住處出發，沿著蜿蜒小路到校前，常到學校附近的小店裡喝碗熱騰騰的豆漿或吃個生煎包，下午放學後又常買些新出爐的羊角麵包，讓我們初次離家的日子添上吃零食的愜意。

我們各自搬進校內宿舍後，我忙著交新朋友及參加社團，但在課堂上仍然和燕子接觸頻繁。我們在所有的實驗課裡同組，也常相約一起在理學院圖書館看書。大二那年風風火火地過了，又到了暑假。系上舉辦環島採集動植物標本，我們也隨眾參加。一路上坐火車、卡車、公路車、遊覽車在青山綠水中穿進穿出，從澄清湖、大貝湖、鵝鑾鼻、墾丁公園裡初識南臺灣的美麗。沿南迴公路到台東知本溫泉，上花蓮，再由太魯閣進橫貫公路至臺中，最後回到臺北。十天裡我和燕子是搭檔，也是室友，同進同出，彼此更加相知了。在臺東富岡還一起去找燕子正在服役的二哥，坐著吉普車在西瓜田裡挑個大汁甜的西瓜解渴。

在貓鼻頭海灘捕海膽時，我的長褲被礁石割裂。狼狽躲進林投樹下，燕子幫我洗清流血的傷口，敷上藥，又趴在地上一針針地幫我縫好撕裂的長褲。看著她鼻頭上泌出的細小汗珠及專注縫衣的表情，我心裡感動極了。

大三下學期，燕子母親過世了。在燕子家裡，陪她翻閱她母親留下的剪貼簿及母女倆唯一的合照。燕子低訴她母親的行誼，及親自為長孫命名的快樂。我們含淚吟著她母親生前最喜歡的〈夜雨寄北〉「君問歸期未有期，巴山夜雨漲秋池。何當共翦西窗燭，卻話巴山夜雨時」，沉浸在追思裡。

大三暑假及大四，我們被留美浪潮襲捲，生活的重心全在補托福、考GRE、申請學校及留學考試。我倆都通過了留考，但沒拿到獎學金，不想立即出國，又雙雙考上了觀光局辦的國家導遊。我畢竟還是選擇窩在實驗室，做了研究助理，以期對申請獎學金有所幫助。燕子卻遨遊山林，踏遍臺灣，做了短期導遊。

我出國後先在朋友家落腳，逛舊金山。燕子託她住在柏克萊的大哥、大嫂特來接我去華埠吃飯，當時他們子女尚幼，兩人工作都忙，來回奔波接送素昧平生的我，只因燕子信上稱我為她最好的朋友。燕子去印地安那州唸書一年後來紐約找我，我們又哭又笑地談了兩個通宵，互訴兩年不見歲月裡的滄桑。

我在紐約靠微薄的獎學金度日，生活簡樸，四壁蕭然。幾樣傢俱不是大街上撿回來的，就是用紙箱拚湊的，早已不是當年臺北只知吃穿打扮的大小姐。唯一像樣的傢俱是張新彈簧床，還是特別為招待燕子而買的。我得意地向燕子獻寶，她卻難過地淌眼淚，掏出全部的儲蓄要借給我。我婉拒了，卻心領她的情意。那兩晚坐在那張新床上，我試著為她疏通走入瓶頸的異國戀情。

燕子的戀情一年後開花結果了。儘管我一直鼓勵她跨越文化藩離，追求真愛，但心裡不無昭君和番的惋惜。在典型的猶太婚禮中，我雜在女方親友中獻唱了兩首中國民謠〈茉莉花〉和〈在那遙遠的地方〉。我的眼淚隨著歌聲涓涓而下，想起大學時代我們經常在山顛水湄放聲高歌，而我們竟已畢業四年了。

我們各自結婚後生活不再重疊，只在東遊西訪中找機會碰面，交換生命裡的重要片段。六年前我趁回紐約之便，南下華府探望燕子。燕子的一兒一女都有著混血兒的聰明美麗，正跟著外祖父一字一句地唸唐詩，赫然竟是李商隱的〈夜雨寄北〉，燕子母親生前最喜歡的詩。我看著專注教學的燕子父親，及在廚房裡忙碌的燕子，憬然領悟到她們一家人竟全是如此情深義重。

在這次短暫的把晤中，我帶燕子逛書店找唐詩唱本。燕子工餘在中文學校執教多年，也以身作則教兩個孩子講中文，她的生活自在又充滿自信。七月的艷陽下，燕子捧著剛買的民謠CD，依稀還是當年愛唱歌的小姑娘。

燕子走了，飛向遠方。我的心田就如她曾棲息的空梁，再度留下她的雪泥鴻爪，隨著歲月的烘焙，成為我們友誼的烙印。

當「良」師遇上「良」班

教師節那天，我祝福教初中的女兒教學順遂，不要碰上太多頑劣的學生。而我自己卻想起了良師，及當年那段充滿傲慢與偏見的往事。

高中班上代號「良」，取孔夫子「溫良恭儉讓」之意。高一時的英文老師激起全班同學對英文的強烈興趣，也使我們贏得全屆二十四班英文最優的榮譽。一年後英文老師負笈留美，新來的英文老師名字中有個「良」字。

那年良師剛自師大畢業，初執教鞭。第一天走進教室，就板著張國字臉，純用英文一字一句地發表他冗長的教室公約，直到下課鈴響才面無表情地走出教室，讓素無聽覺訓練的我們如鴨子聽雷般半猜半懂。下課後，我們緊急綜合各人所聽懂的部分，才知是課前預習、課後複習、上課時專心聽講、考試時字體工整等等。當下對良師佩服得五體投地。

好不容易又盼到英文課，我們連番起鬨，轟得他不得不先作自我介紹，滿足了我們的好奇心。接著聽他講課，不料又得半猜半懂。他不但有一口濃重的廣東鄉音，連英文也是獨家唸法，重音更是隨心所欲地搬來搬去，兩堂課下來才吱吱唔唔地講了一小段課文。我們像洩了氣的皮球，越聽越沒勁。課後，我們七嘴八舌地交換意見。如此良師，如此教法，我們原有英文最優班的榮譽看來保不住了。

週末開班會時討論熱烈，一反往日主席唱獨角戲的冷清。臨時動議的第一項就是請英文老師走路。提議同學慷慨陳詞，聲明良師發音不準，無異誤人子弟，並舉出若干實證，詳作分析。於是全班嘩然，照章通過。在一旁靜立的導師此時開口了，她勸我們給良師更多的時間，也許他文法或翻譯方面另有長處。

一個月過去了，也許是偏見，也許是自負，我們就是看不到良師的優點。剛開始時，還有些同學拿著字典和他爭辯，但是良師卻常以某英文大師也念錯某某字以自衛。久而久之，我們也見怪不怪，而且錯謬太多，根本也無從問起。我們開始消極地不聽課，以免灌進太多的錯別字。英文課出現這樣的場景：台上老師慢條斯理地講著課，台下五十多尊木偶兀坐著，幾個段數不高的還發出陣陣鼾聲。期末考的緊張終於打破了沈寂。為應付考試，我們不得不強自振作，設法從良師嘴裡多套出點考題。

寒假過後，我們回到學校不情不願地接受下學期的英文課。鑑於上學期英文成績的普遍低落，我們先還耐著性子聽了一陣，卻發現良師教法如故。於是團結一致，任憑他聲嘶力竭地帶頭唸他的獨家英語，我們齊聲報以國際音標。若他發音謬誤，更示威似地特別大聲。狼狽不堪的良師終於向導師告了一狀，換來導師對我們的嚴厲訓斥。我們垂著頭聽訓，一肚子不服。

為消除我們的怨懟，良師自告奮勇作我們的排球教練。可惜我們出師不利，第一場就慘遭淘汰。但良師用心並非白費，上課氣氛好轉甚多，除了唸生字時，大家仍齊聲一致以外，其餘時間各忙各的：或作數學習題、或讀化學、或背國文、或閉目打盹。良師的單調聲浪在室內迴響，偶爾灌進一些謬音，我們也不以為意。有一天，良師指著教科書，聲稱無bit此字，書上印錯了。我們十分錯愕，紛紛中止旁騖，小心求證。一位同學闔上字典，咕嚕了一句：「大概只有您的字典沒有吧！」良師也動了怒：「你說什麼？你再說一遍！」

「我是說，大概只有您的字典沒有一點bit。」此話引起全班鬨堂大笑，良師油光光的臉上毫無血色。他慢慢轉身面向黑板，那條常備的白手帕從左褲袋移向眼睛。等到他再次轉身面向我們時，黑板上多了幾個生字，而他的眼睛裡卻像掉進了沙子般地赤紅。

這次事件以後，我們開始戲謔良師。我們取笑他的國語，挑剔他的英語，堂堂課爆笑不絕。同樣受教於良師的隔壁班同學常驚訝我們班上英文課的熱鬧喧嘩，卻不知其中另有內情。

良師每週固定出英文試卷。出題捱板，連英文注釋都是照書直抄，考驗我們的死背能力。他還宣稱這是最好的讀書方法，將來高三時還要印些複習講義，讓我們反覆默誦。此言一出，我們目瞪口呆。一位心急的同學表達了我們的全體心聲：「你還想教我們啊？」這下輪到良師楞住了，他的眼睛立刻變得紅紅的，而且閃著晶光。那堂課結束前，他喃喃地吐出一句話：「我不會再教你們的。」

學期結束前，我們邀請各科老師參加班上同樂會。最後除導師外，只有良師和國文老師列席。良師還客串了一曲「阿蘭娜」，可惜唱得支離破碎，聽得我們毛骨悚然。娛樂節目進行一半後，導師和國文老師先行離去，只良師始終孤孤單單地坐到散會。

暑假裡的一次返校日，我們風聞良師將繼續擔當我們高三的英文老師，不由群情激昂。遂合擬了一封具有家長三分之二以上簽名蓋章的連署信，向教務處陳情。

新學期開始了，良師被貶到夜間部教初中。偶然在校園裡碰到，他總停步目視我們，期望我們至少能打個招呼。我們卻低頭疾行，讓他獨嚼難堪的滋味。後來他只待了一年，在我們畢業那年走了，聽說是到美國開餐館。粉筆生涯也許只是他人生旅程的短暫插曲。

許多年後，我和當年同窗提起這段往事，我們都不敢相信自己當年居然會如此殘酷地整過老師。悵惘之餘，只有祝福良師，無論在天涯或海角，事事順心如意。

空山松子落

今年南灣初夏天氣反常，六月底依然清涼。檢查電子信箱，竟收到關於妳的噩耗，更覺寒氣透骨，全身血液似乎都凝固了。

朋友一生一起走，那些日子不再有

二十年前，我們高中同班有七位住在北加州。假日裡常聚餐談心，交換生活經驗。輪流坐東，在彼此的家中徜徉一下午。

我們那時四十初度，兒女繞膝。除了職場的打拚，還要經營家庭，教養正值青春期的子女。雖然謹守當年校訓「齊家治國、一肩雙挑」，心裡卻像緊繃的彈簧，經常在彈性疲乏的邊緣。這些週末聚會就成了我們最好的紓壓管道。

在每一個偷得地半日閑裡，我們坦開心扉，傾訴衷情。隨著彼此生活的亮點及低潮，一起縱情大笑，一起唏噓落淚。有一兩年，惠春藉訪問學者之便，來到南灣，和妳一樣，也攜帶一對兒子並遷入史坦福大學附近就讀高中。我們這夥人由七仙女升為八仙過海，再加上經常來此探親的小玲，聚會更加熱鬧。

妳大學一畢業就和校園男友結了婚，放棄去美國深造的機會。在臺灣IBM工作多年，又為了一雙子女的中學教育，遷居矽谷，做全職母親。妳曾笑問當時在聖荷西IBM工作的我有無廢棄的公司講義相贈，那可是妳最偏愛的讀物。我當時對妳這項異乎常人的愛好驚嘆不已。

漸漸地，妳讀書的興趣轉向佛經。同樣學理謹嚴，妳的偏愛其實有跡可循。隨著學佛，妳轉向素食，由肉邊素而全素。而我們的聚餐卻仍以葷食為主，妳隨和地在滿桌葷腥裡撿那兩盤素菜。

在妳家的聚會裡，妳烹製了好幾樣美味素食，搭上我們各自攜來的拿手好菜，讓那天的饍食更健康。飯後，我們品茗談心，妳向我們解說素食之美。那天我們還就「金鑲白玉板，紅嘴綠鸚哥」，討論豆腐是否應和菠菜共食。

高中畢業三十年，同屆同學在洛城聚首，穿上主辦單位發的綠襯衫。班上出席的二十七人中，只有妳穿的是自己女兒繡有學號的正牌制服。齊耳的短髮，恬然的笑靨，依稀當年。秉燭夜話中，我們笑稱妳為現代孟母，為了子女教育，還遷居他們就讀的大學城。大夥還勸妳將來可別連兒子結了婚，也來個比鄰而居。在眾人打趣聲中，妳只淡淡微笑，不作任何解釋。後來，兒女大學畢業，妳又搬回矽谷，完成第三遷。

一句話，一輩子

我們同屆高中同學基督徒團契有次選讀達賴喇嘛的《快樂》（The art of happiness）一書，並比較新約中同一詞的涵義。妳放下電話，十分鐘後按響我的門鈴。妳凝神看著我，喊著：「願妳一生快樂！」再遞給我時報出版全新精裝譯本。接下妳的贈書，我滿心歡喜。妳的贈言，我一輩子也忘不了。

相對我開放自宅供團契姊妹讀經討論，妳也提供自宅和同修們研究佛理。有次我結束電話前加了一句：「我要去Bible study！」妳幽默回應：「我也要Bible study了！」一句話點醒我，其實不同宗教看待各自的經書都是神聖的。我們在彼此大笑聲中掛上電話。

偶而興起，我胡亂塗鴉，寄給世副。那篇〈榆樹〉刊出後，妳掛來電話：「最喜歡妳文章中最後一句：『那裡曾經有一棵既不開花也不結籽的中國榆。』我就是棵中國榆！」我黯然回應：「我們都是！」

一生情，一杯酒

幾年前，妳決定去上海侍奉婆婆終老。更早以前，原住Santa Clara的英音把房子賣了，移居上海，和公婆比鄰。妳把有院落的大房子換成房門一鎖就可出遠門的town house，適逢英音夫婦回矽谷探親，我們三對夫妻在餐館以茶代酒共祝未來。

我還笑稱我們班上以後可以在上海開同學會。後來小玲去上海做事，妳們三人果然成立了上海幫。

三年前台灣大選，妳我不約而同地返回台北投票。選前一夜，台北同學連四位遠客共十一人在國父紀念館二樓聚餐，在隔壁松山菸廠造勢晚會雷動聲中，我們舉杯匆匆話別。

這是妳我最後的聚首。

去年灣區同學主辦高中同屆同學的慶生重聚，上海同學負責採購圍巾做為生日禮物。妳雖不能回灣區參與盛會，卻熱心安排兩位友人分別從上海各攜圍巾十條，搭不同班機從舊金山機場送到我家。事前妳從上海掛來電話及伊媚兒殷殷囑咐，事後我回電答謝如儀。

這是妳我最後的連絡。

去秋慶生重聚晚會的主題曲是周華健的「朋友」。大夥兒在歌聲中把酒共賀彼此的生日，也珍惜這一生友情。從那次開始，妳缺席了。

這些年，一個人，風也過，雨也走，有過淚，有過錯，還記得堅持什麼，真愛過，才會懂，會寂寞，會回首，終有夢，終有你，在心中

收到妳的噩耗當晚，我終夜不寐，趕著在老相簿裡揀選有妳合照的相片，掃描後在電腦上傳送給班上同學。又草擬了輓聯「立身持家，淑德寰宇。燭剪西窗，風姿永憶」電傳給在上海代表同學送花圈的小玲。那陣子，許多同學紛紛寫下思念及感言。欣欣彙集整理後，連同我收集的相片一起寄給全班同學及妳的家人，以作紀念。

妳篤信佛學，也許此生債已還盡。乘願而來，緣盡乘風而去，華枝春滿，天心月圓。

後記

同年（二〇一一）夏天立宇的骨灰罈由丈夫和女兒由上海捧回，安於矽谷墓園。如一粒成熟的松果，在空山中帶著微響，嘩然落地，歸於塵土。

輯三

海天遊蹤

父親的少年遊

父親在他慣用的電話几旁放著一張鋼筆工整書寫的海外親友電話名單。大陸四位是親戚，台灣四位中有兩位是老友，其中一位是范叔叔。紙上也註明彼此最後的通話時間，和范叔叔的是二〇〇九年八月二十五日早上七點四十五分，父親開刀前三個月，去逝前六個月。

春寒料峭的三月天，我回紐約祭拜父親周年及母親六周年。月底趕到台北分別祭拜公公及先生的祖母。清明過後，離開台北前，終於撥通了范叔叔的電話。

難得的晴朗天，我走進台北東區一條小巷深處，來聽范叔叔講一段七十年前的往事。

年已九旬的范叔叔坐在輪椅上，頭腦清晰，往事娓娓道來，平實完整。那是父親也是范叔叔的少年遊，亂世中如草芥般的隨處飄動……

楓林紅透晚煙青，客思滿鷗汀。二十年來，無家種竹，猶借竹為名。春風未了秋風到，老去萬緣輕。只把平生，閑吟閑詠，譜作棹歌聲。

——蔣捷〈少年遊〉

民國二十九年（西元一九四〇年），中國半壁河山淪陷。另外的半壁，成日在戰火中。

山東早已淪陷，日軍處處施暴，且逼迫淪陷區中華兒女學日文。凡不願為日本順民的老百姓紛紛出走，逃向大後方。熱血青年則投筆從戎，尋管道報效國家。三位十八歲左右的渤海少年：范忠仁、王漢章、張震華〈我父親〉加入了已轉為地下的煙臺三民主義青年團。

懷著亡國滅種的恥辱煎熬了大半年後，經青年團負責人曲明齋介紹，三人決心投考西安黃埔軍校。民國三十年中秋次日大清早，震華穿著件蜜蜂牌毛衣出現在集合地點。三人跳上一輛開往青島的客運汽車，青春結伴離鄉行，開始了改變他們一生的少年遊。

（父親時年十九，和母親新婚未久。那年中秋吃過團圓飯，留下雙親及幼弟給妻子照顧，穿上一件全家合力買的蜜蜂牌毛衣，從此關山萬里，再未和父母相見。那件范叔叔記憶深刻的毛衣則由母親拆了又重織無數次，跟了父親一輩子。）

在青島保定路旅舍裡忐忑不安地等了一個多月，終於得到指示，搭火車到高密的塔爾堡站，向平度縣游擊隊司令曹克明報到。幾個星期後，湊合其他幾處來的青年，從平度坐火車到了濟南，再搭火車到南徐州。

（瀕臨黃海的青島是父母親度蜜月之地，景色依舊，心境卻大不相同。離鄉背井，前途茫茫。那年重陽，父親獨在異鄉為異客，遙想家人登高處，遍插茱萸少一人。在黃河邊的濟南曾以景色著稱，素有「四面荷花三面柳，一城山色半城湖」的美譽。民國十七年，日軍在濟南蓄意屠殺中國人民六千多人，製造五三慘案及傾黃河之水也洗不清的暴行。父親當年過此瘡痍滿目的歷史名城，國仇家恨當更深一層。）

南徐州下車後，三人開始徒步前往安徽阜陽。艱苦跋涉中，遇上日軍皖北大掃蕩。

（前段路靠著等待和希望支撐，如今則需體力和勇氣。南徐州即宿州，賽珍珠一九三八年諾貝爾文學獎名著《大地》的素材原鄉。今日宿州和阜陽之間高速公路距離一百八十公里，當時三個年輕人忍饑耐渴，在戰火邊緣迂迴躲藏，九死一生。父親最愛生吃青皮蘿蔔，曾提到年輕時和兩位友伴路過劫後殘餘的莊稼地，竟還見青皮蘿蔔秧頭。三人忍著拔蘿蔔的衝動，天人交戰後繼續前行。後來竟愛上青皮蘿蔔，也許是紀念那段歲月。）

終於到了阜陽中央九十二軍駐紮處，當時的軍長是李仙洲。和阜陽設立的軍校辦事處接頭，作簡單測驗後，又上了火車往西安王曲進入黃埔第七分校。編隊整訓後，范、張兩人入伍直到畢業，王則轉往重慶。

（從阜陽到西安，坐火車經河南去西安是近路。但看當年局勢，也可能下武漢取道湖北，兩條路都不安靖，同樣道路阻且長。三人最後安全走上長安道，實數萬幸。）

王漢章未在王曲畢業，轉往重慶瓷器口接受特工訓練。後任職青島警察局，撤退後至香港再潛返大陸作敵後工作，不幸於天津遇害。

長安古道馬遲遲，高柳亂蟬嘶。夕陽島外，秋風原上，目斷四天垂。歸雲一去無蹤跡，何處是前期？狎興生疏，酒徒蕭索，不似少年時。

——柳永〈少年遊〉

故事講完了，主客雙方在黃昏中靜默對坐。范叔叔的助手搬出一疊書信：「妳父親的中英文字體都是龍飛鳳舞，可惜日後收不到了。」又建議范叔叔和「故人之女」合影留念。范叔叔和我則已眼淚成串。

後記

父親軍校十八期畢業後，轉戰於察哈爾、張家口一帶，後在天津替警備司令陳長捷做侍後參謀。一九四九年平津會戰後，於危城中化裝逃出，同年抵台。受陳長捷被中共俘虜之累，軍職被奪，報國無門，成了平頭百姓，從此絕口不提當年事。雖如此，一生忠黨愛國。二〇〇八年猶以近九十之身從紐約趕回台北慶賀雙十。

扎西德勒・西寧

青海省是長江和黃河的發源地。長江源自唐古拉山，黃河源自巴顏喀拉山。滾滾長江、浩浩黃河孕育了華夏五千年文化。而在兩河源起處的青海高原上，卻發展出迥異於中土的獨特文化。五百萬人口由漢、藏、回、土、撒拉、蒙古六大民族組成，藏人佔一百萬。

西寧人口兩百萬，是青海省會，西藏宗教領袖達賴和班禪的出生地，及絲路遊的中點。著名的景點是日月山、青海湖和塔爾寺。

風雨日月山

九月初秋正是青稞成熟時，採摘下來的青稞在山坡上打場去穀，成群的綿羊雜以犛牛在高原上放牧。風吹草低，一隻犛牛悠然在坡上獨行襯以天高地遠，正是天地一犛牛。

我們沿日月山盤旋而上為尋文成公主的足跡。當年十六歲的她從長安西行了兩年才到達西藏嫁給長她四十歲的國王松贊干布，完成了大唐交付的政治聯姻使命。

海拔三千五百公尺的日月山頂斜風細雨，彷彿細訴當年文成公主的悲哀。跨過日月山頂的唐蕃分界點，從此夢斷鄉關，家園永難回。當年她停轎於此，車馬勞頓冷風撲面，心中悲憤可想而知。回頭東望黃土高原阡陌起伏，向前西望青藏高原塞外牛羊，她摔掉再也照不到故國山河的日月寶鏡，毅然入藏。

兩千年過去了，無數的公主循著文成公主的模式，犧牲個人換得國家的和平。聰明的公主們在異鄉種桑養蠶教化夷狄，做了融合兩國文明的使者，至今仍受到當地人們的感戴。

以武服人只得到怨懟，以德服人才能長治久安。

青海青

青海湖是中國最大的鹹水湖，湖水青碧如海。環湖三百六十公里，面積四千五百平方公里，含鹽份千分之六，湖內盛產肉細刺多的湟魚。青海省因青海湖而得名。

在青海藏人心裡，海是神聖偉大的，「達賴」即是藏語大海之意。在往生的葬法中水葬和天葬是最普及的葬禮，比之天葬用斧切碎軀體拌以糌粑來餵鷹的繁瑣，沉在湖底的水葬容易而簡單。

長空碧、水色青，湖畔犛牛黑、帳篷棕。群山環抱中，青海湖依然本色。

塔爾寺

同是喇嘛廟，塔爾寺沒有承德避暑山莊的金碧輝煌，但在藏胞心目中是聖地。它是藏傳佛教中的黃教創始人宗喀巴的故里。八座塔依序以圖表說明釋迦的一生事蹟從出生（蓮聚塔）到圓寂（涅盤塔），佛塔建成後再建寺廟因而得名「塔爾寺」（塔而寺），和拉薩並列為藏胞一生必去之地。為了方便藏胞朝聖，西寧和拉薩間築了一條全長一九三七公里全世界最高的公路。宗喀巴兩大弟子即是達賴和班禪一世，不斷輪迴轉世成為西藏的政教領袖。

酥油花、堆繡和唐卡是塔爾寺三寶。酥油花用犛牛奶油捏成花朵再上彩色而成。堆繡以綢緞織繡後再堆襯羊毛或棉花而呈現立體感。唐卡是布製捲軸壁畫，由藝僧自繪而成可保存百年左右。三樣藝術品都別緻精美，獨具特色。

塔爾寺香火鼎盛，處處可見善男信女五體投地來跪拜還願。還一個願要手握佛珠叩首十萬，每叩一百〇八下，撥一顆佛珠，大約三到六個月可成。

對藏胞而言，宗教即是一生。

扎西德勒

扎西德勒是藏語吉祥如意。青海湖畔一家熱情的藏胞招待我們入帳參觀。進帳前，每位賓客取三粒青稞撒落並口唸扎西德勒，再飲上三杯青稞酒。

我們圍上白色哈達，盤膝圍坐在帳篷裡享用女主人現做的糌粑及羊奶茶。青春熱情的姊妹倆身著彩服以傳統歌舞娛賓，歌聲高亢入雲、舞姿活潑輕快。在歡樂的氣氛下，我們也回以歌謠〈青海青〉：

青海青，黃河黃，更有那滔滔的金沙江
雪皓皓，山蒼蒼，祁連山下好牧場。

這裡有成群的駿馬，千萬匹牛羊，
馬兒肥，牛兒壯，羊兒的毛好似雪花亮。
中華兒女來吧來吧，拿著牧鞭騎著大馬，
馳騁在這高原上　瞧那偉大的崑崙山。

中華民族是五十六個民族的總稱，但身為多數的漢族又對其他族裔了解多少？西寧希寧，達賴故鄉是西寧縣平安鄉，樸實的遊牧藏民所要的不過平安二字。從西安到西寧，從黃土高原到青藏高原，所有的老百姓不分族裔，只求安寧。

扎西德勒，願大西北的老百姓永遠吉祥如意，常保安寧。

原鄉消失以後

二〇〇二年春天，我搭長江三峽遊輪從重慶順流而下，好趕在三峽大壩建成前，親自目睹將永沈江底的各種歷史遺跡及山水風景。船過西陵峽後，在三斗坪停泊，我也隨眾上岸參觀三峽展覽館。

館內陳列著一隻中等尺碼中華鱘魚（Chinese sturgeon）的骨骸。中華鱘學名Acipenser sinensis Gray，和恐龍同期，成長於長江口外的東海及黃海。現瀕臨絕種，是中華國寶，有水中大熊貓之稱。牠體積碩大，成年後體長可達四米多，體重超過一千斤。每年夏秋之際，成群溯江而上到金沙江產卵，繁殖後再順流而下回到大海。這樣的生態行為持續了一億四千萬年。

三峽大壩建成後江水截流，中華鱘找不到返鄉的路，將面臨絕種的危機。向我們解說的館員對我們保證目前已做好完善措施，使此國寶生物繼續綿衍。

只是億萬年的生態行為早已成為基因的一部份，中華鱘要如何抗拒與生俱來尋根的呼喚，如何適應消失的原鄉？

人類原鄉的形成多是基於血統和文化的傳承，一兩代就可以完全不留痕跡，只把他鄉作故鄉。中華鱘只是最低等的脊椎動物，不像聰明的人類具有超級適應能力。在脊椎動物演化程序中，循序漸進是魚類、兩棲類，再來是爬蟲類。以恐龍為例，全盛時曾是地球霸主，環境驟然變遷以後，不能適應寒冷的冰河期，而全數絕跡。在自貢市恐龍博物館裡，成堆的恐龍骸骨證明全死於億萬年前的天災。

而今天的中華鱘呢？在長江裡遨遊了億萬年，到今天只剩數千尾的中華鱘是否會因為人禍而終於絕跡呢？就算逃過在廣州酒樓裡被做為珍饈的命運，卻終究逃不過原鄉消失的慘禍。

所謂的完善措施又是什麼呢？我不知道有任何措施會是完善的。懷著未解的疑問，半年後我來到四川臥龍——另一中華國寶生物，大熊貓的保護區。

在美國定居多年，我曾在許多大城市的動物園裡見過大熊貓。他們都是所在動物園裡最受歡迎的嬌客，也是最成功的親善大使。黑白相間的皮毛，憨厚的外表，溫文地吃著竹葉竹梢，攫取了全世界無數人的憐愛。

　　大熊貓沒有在中國絕種是個奇蹟。也許是因為大熊貓的祖先在與人類爭地的過程中，很快地謙讓退出了。它退讓到青康藏高原和四川邊境的高山幽谷中，只以各式各樣在中國大地上最普遍的的竹子維生。但竹林每六十年開花死亡，加上人類不斷地砍伐，大熊貓的食物來源急遽短缺。原鄉不斷消失，再加上獵人的捕殺使與世無爭的大熊貓一度只剩下不到一千隻。

　　為挽救瀕臨絕種的大熊貓，一個又一個的保護區逐漸設立了。保護區的大熊貓藉著人工授精及妥善照顧，綿延著種族。保護區的竹林成了新的原鄉，大熊貓以遨遊山林的自由，換得安逸的生活。

　　中華鱘所面臨的命運也是如此。一個又一個的養魚池將代替金沙江，成為新的原鄉。人工繁殖後再放歸大海，替代持續了一億四千萬年的生態行為。從此以後，中華鱘再也不是溯江迴游的生物了，只不過要在教科書上略改一下。

　　其實被迫離鄉的不只是數千尾中華鱘啊，為了築壩而被迫遷徙流離的還有數以百萬的中國老百姓。大壩築成後將以海拔一百七十五公尺的水位淹沒六百三十二平方公里，包括十三個城市，一百四十個鎮，及一千三百五十二個村落。沿江兩岸大片的靜謐山莊及良田沃土將被洪流吞噬，滄海桑田的背面是家園被毀的事實。

在這片土地上生活了世世代代的老百姓的原鄉及祖墳將永遠沉沒在水平線下。他們的根被生生斬斷，成群地送往全國各地。有辦法的人弄到較好的省份，沒錢沒勢沒關係的則被發配到邊疆。

我記得長江邊縴夫們黑瘦沈默的臉，及在半毀家園中人們一張張苦澀蒼涼的臉。

原鄉消失以後，他們的生活會得到妥善照顧嗎？

但願人長安

二〇〇一年美國九一一悲劇的第二天，我隨著旅行團來到西安。心裡頭有昨天觸發的傷感，也有對終將見識這一座歷史名城的期待。自西周以降，做為秦、西漢、隋、唐的首都，大西北的樞紐，及絲路的起點，三千多年來積攢著多少文化精髓。無數的典故、詩歌由此產生，多少英雄豪傑逐鹿中原，在此問鼎天下。關中平原上至今還留有姓氏不同的七十二陵墓。每一次的改朝換代都是兵戎互見，絕不平安。每一代的開國君主得位後都希望長治久安，萬世太平，於是長安這個恰當的都名就沿用得最久。

西安的四個城門分別是東門長樂、西門安定、南門永寧、北門安遠。取每個城門的頭一個字則成「長安永安」。我想這不僅僅只是西安人的心願，也是全天下所有老百姓的心願。

在城門上的店鋪裡看到色彩亮麗的陝西農民畫。每張畫裡都是平和祥實的農村景象，代表著大西北黃土高原人們心目中的人間樂土：湛藍的天、黃澄澄的穀子、小姑娘身上中國紅的新衣、人們笑呵呵的臉。事實上，幾千年來的大西北天不常藍，旱災飢荒頻繁，人們衣著襤褸，愁容滿面。正如店裡播放著的秦腔，時而高亢，時而低徊，像訴說這數千年的古城風霜。

啊，願長安永安，西寧安寧。蒼天在上，賜福平安。

一到華清池，迎面就看到楊貴妃的白色大理石塑像姿態曼妙地立在水池中央。塑像大概是揣摩「春寒賜浴華清池，溫泉水滑洗凝脂」的情景，而打就了楊貴妃浴罷羅衫半褪，胸脯肚臍坦露，宛如維納斯女神般的造形。園內樂音嬝嬝，一群美女身著艷麗的大唐衣冠正在五角亭外為遊客輕歌曼舞。

在悠揚樂聲中，我逛到蓮華湯及海棠湯。多少前朝美女曾在此香湯沐浴，留下了綺麗浪漫的佳話，最著名的是唐明皇和楊貴妃。一對才子佳人，男的愛樂戀戲，女的能歌善舞，可惜他們不是尋常百姓，縱情聲色不理朝政的結果是引來安史之亂，讓長安陷於戰火而終於導致大唐由盛而衰。

華清池畔五間廳裡曾轟轟烈烈地上演過西安事變，改寫了中國近代史。事件中的主角多半已作古，當初為先安內或攘外而下的決定不僅改變了中華民國的國運，也決定了這片土地上老百姓的未來命運。蔣介石先生的寢室簡單樸素，正如他廉潔的一生。窗外遙見小亭一座斜傍著驪山，蔣介石當年在此被張學良和楊虎城脅持。一座不起眼的小亭卻成了他一生的轉捩點。

五間廳裡也曾有過一對才子佳人，他們是蔣介石和宋美齡。同樣是才藝美貌兼具，在國家生死存亡之際，楊貴妃被迫犧牲了自己以換得軍心；宋美齡主動說服了張學良，而釋放了蔣介石以領導國家對抗日本的侵略。以個人的力量影響國運，兩個奇女子在歷史的長廊中各自寫下了自己的傳奇。

絲竹聲迴盪在園內各個角落，一陣秋風吹來，吹皺一池清水。秋水泛起一圈又一圈的漣漪，在華清池發生的事情，如同漣漪般影響著周遭的人，改變了國運，及一代又一代的人民。如果不是西安事變，我不會出生在台灣，不會飄萍般落籍於美國，更不會對中原大地有原鄉的孺慕。我的一生原來早已由這場發生在近七十年前的事件所決定。芸芸眾生中，不知有多少人的一生和我一樣是操縱在國家領導人手裡。

黃昏時漫步在寬廣的明代古城牆上。腳踩著青石磚，手撫著油漆斑駁的樓柱，看暮色漸漸襲來。掏出從博物館買的一尊青銅鑄的馬踏飛燕把玩著，期許自己的思想也能如天馬行空般自由自在。須臾一輪明月冉冉昇起，照著重簷三滴水，四角椽尖頂的鐘樓。原來快中秋了，我竟有這份福氣在古城牆上望向這長安一片月。但願人長久，千里共嬋娟。

啊，但願人長安。長安永安！

蘭州的母親河

沒來蘭州前，以為它是個蘭花處處的美麗城市，沒想到它竟是個工業城，工廠煙囪冒出的廢氣污染得令人喘不過氣。蘭州得名因它地勢上南依皋蘭山，北倚九州山，如今人口兩百六十萬，是甘肅省會及中國的地理中心，也是大西北絲路旅中的一站。一九六九年在甘肅雷台東漢墓出土，象徵絲路旅遊的銅奔馬就陳列在蘭州的甘肅省博物館，以大宛汗血馬踏飛燕的奔騰造形聞名於世。

市區裡的行道木是槐樹，黃土高原及黃河流域處處可見的尋常樹木，成排地立在蒼灰的天空下靜默地綠化著乾旱的城市。轉過白塔山眼前橫著一條大河，河上跨著座大鐵橋。我們的地陪拿起麥克風告訴大家到了黃河邊及中山橋，請下來參觀。

黃河，我終於看到黃河了。我站到岸邊俯視河水，果然滾滾黃流，挾帶大量泥沙。中華文化的母親河，發源於大西北黃土高原。我想起那首〈龍的傳人〉，更想起年輕時的激情及那顆中國心……

眼前的黃河圍著蘭州，在黃河第一橋中山橋下浩浩湯湯，依稀和夢裡相似。

記憶裡有一條河，圍著個美麗的城市，河上有一座橋，我每天越過大橋到城裡唸書。這條河叫新店溪，這座橋叫中正橋，這個城市叫台北。我經常在淡水河裡游泳，河邊撈蝦或摸蛤，淡水河是伴我成長的河，我卻一心嚮往著看不見的黃河，屬於我父母親的河。也許中國人重土思根，不能數典忘祖，飄泊的地方只是過客，故鄉才是最終的歸宿。

黃河邊上陳列著已成古蹟的大水車和羊皮筏子供人參觀，還有戴著包頭的回民示範如何吹羊皮。黃河在蘭州附近形成黃河三峽，羊皮筏子曾是主要交通工具，在小小的皮筏上撐篙穿越激流曾是一幅人與天爭的凶險畫面。

我們從劉家峽坐上快艇到有千佛洞之稱的炳靈寺。黃河的混濁河水近在咫尺，我卻沒有觸摸的勇氣。一路上的禿山和貧瘠土壤，正如蘭州人的歌諺「有土壓石頭，有山和尚頭」。到了炳靈寺，準備泊岸，碼頭邊卻圍擠著一群小孩伸手要錢。我們的地陪急急先下船趕人，一邊喊著「別給」，一邊扶著我們一個個下了小艇。一個曾伸手扶了我一下的小孩難過地叫著「我幫了你呀」，我也難過地別過臉去快步走開。幾步遠處站著些衣衫襤褸的中年婦女，大概是這群孩子的母親。

進入炳靈寺後，地陪告訴我們給幾個小錢救不了窮，反而鼓勵乞討，打攪以後的觀光客。他又淡淡地告訴我們〈孔雀東南飛〉在大西北的新解，是本地的人才捱不住窮苦，都飛到東南方上海一帶去謀出路去了。

離開蘭州後，我很快地忘了牛肉拉麵的鮮清，黃河鯉魚的肥腴，百合花和白蘭瓜的甜香。不能忘記的是那條黃澄澄的河水，及河灘邊對每艘停靠的遊艇抱著希望的母親及孩子們。

衡山腳的青天白日

從衡山最高點祝融峰頂下來，地陪告訴我們還有個景點叫忠烈祠，是國民黨建造的，如果我們有興趣，得抓緊時間快點逛。

暮靄四合中，我們提腳走入了南嶽忠烈祠堂。

忠烈祠堂是抗日期間第九戰區司令兼湖南省主席薛岳為抗日陣亡將士所建的紀念堂。薛岳將軍在中華民國三十年一月撰文立碑，次年落成，當時抗戰已進行了五年。祠堂中羅立著一排排為捍衛國家而英年早逝的烈士碑，每塊碑上附有小傳和照片。看著碑上一個個二十多歲青年雄姿英發的小照，令人不忍卒讀。

在抗日陣亡將士總神位下，刻著薛岳的題詩「恭立忠烈祠，以祠忠烈神。我懷忠烈魂，誓繼忠烈神」。神位旁豎著孫中山先生的遺言及黃埔軍校校訓，我們自自然然地排成一排，對著神位行了三鞠躬禮。祠堂外松林中豎立著十三座烈士墓，其中一座大墓裡據說埋有兩千七百二十八具遺骸。勁風吹動著陵園的松林，在向晚中發出陣陣的歎息。

忠烈祠享堂上高懸著蔣介石先生手書的「忠烈祠」匾額。享堂兩側延著山勢而下鋪著青石階，直到陵園正門。面向享堂的陵園中間鋪植著大片草皮，以白石鑲著「民族忠烈千古」六個大字從民字開始由高而低由遠而近。在族字下方豎立著一個小小的碑亭，中間供著一塊無字墓碑。碑亭左下方直立著一塊長方形小石板，上面刻有青天白日國民黨徽及「遊人到此脫帽致敬」八字。

啊，青天白日，曾經如此熟悉的徽章。百年前革命先烈揮舞著青天白日旗，推翻了滿清，青天白日下滿地烈士的鮮血就此成為中華民國的國旗。多年不見的標誌卻出現在最想不到的土地上——湖南省，毛澤東的老家。

黃昏中，滿植蒼松的陵園一片肅穆。這情景竟有幾分似曾相識，也許是因為它的格局和台北郊區的忠烈祠神似。同樣的青天白日徽，同樣的蔣介石手書，隔著海祭著又一批烈士。

陵園進口處有個由五顆炮彈形象組成的七七紀念碑，象徵著漢滿蒙回藏，五族成一家，抗日到底。是的，這場以中國錦繡河山為戰場，以無數百姓生命為代價的民族戰爭早已結束了。只是掀起這場浩劫的元凶，六十年來不曾說過一句道歉。

回到遊覽車上，鄰座建議我們一起唱〈熱血滔滔〉。我們倆起唱，很快地更多的朋友加入了我們：

熱血滔滔，熱血滔滔，
像江裡的浪，像海裡的濤，
常在我心頭翻攪。
只因為日寇未剿，憤恨難消，
四萬萬同胞啊，
灑著你的熱血，去除強暴。

唱著唱著，我的熱淚滾滾而下。六十年前的那一代熱血青年，在時代的洪流中，不是為國家拋頭顱灑熱血，就是為國家離鄉背井，一生顛沛流離。他們的慘烈犧牲換得了抗日的勝利，及國家領土的保全。一甲子歲月悠悠，青史幾成灰，日本人始終橫眉冷眼，對當年的侵華行為不以為意。更別提侵佔釣魚台島，篡改教科書，及公然祭拜戰時兇手等各項乖張行為了。

青天白日，朗朗乾坤。在衡山腳下，部份歷史的真相終於被還原了。確曾有無數的黃埔健兒，為捍衛國土在抗日戰爭中犧牲了。忠烈祠證明了共產黨不是抗日惟一的主力。但最重要的真相及暴行，至今還是被侵略者蓄意掩埋了。

中國人常說為國家民族而犧牲，其死重如泰山。衡山何幸，有無數英雄埋骨於此。衡山嶽神啊，你若真能衡天地的輕重，五嶽中你的比重居首。

山迴路轉，衡山漸去漸遠，我們的歌聲也愈唱愈響。

天色全暗了。

雙城之間

不久前去了趟北京，旅館在南河沿，離王府井兩個街口。每晚出來在步行街蹓躂逛夜市，買了件冬衣禦寒，也在美食街嘗鮮。一星期的逗留裡，坐公車去了一趟西單圖書大廈，也在東單摸到了一家網咖，每天去檢查電子信箱，有兩次在大街上還被人請教問路。也許我的裝束打扮就像北京大姐，也許北京人都是南腔北調，七天裡到處悠來轉去，從沒人問我是打哪兒來的。

花了兩天在北京故宮繪畫館舉辦的院畫研討會旁聽，驚異外國各地專家學者流利的中國話及知識。他們拿著放大鏡，隔著玻璃櫥窗，一吋吋地審視讚美著展出的古畫。他們又以中文在研討會上發表論文，研討對象則是清末以來流入該國博物館的中國古畫。在座許多學美術史的北京學生全神貫注地抄著筆記。

約了姪女及表妹吃飯。美國出生長大的姪女半年前柏克萊畢業來北京教英文，年約四十的表妹則暫時留職停薪，在北大唸哲學研究所，主修儒家倫理。才幾個月，姪女的中文已很溜了，她愛上了北京的文化氛圍。

另一天，我從歷史博物館出來，看見許多穿著鮮明制服的小學生坐在台階上，預備整隊出發在毛毛雨中逛旁邊的天安門，他們的老師們正向他們講述歷史背景。隔兩天去逛故宮，又看見一波波的小學生雜在參觀人群中，從南門逛到北門，領受著前朝歷史。現代北京的小學生有幸親炙史蹟，能沿著臍帶尋回自己的文化根源，我企盼他們成長後再以獨立思考還原歷史的真相。

回舊金山灣區不到兩個月，又去了台北。住在忠孝東路四段的旅館，門前就是捷運站，所有的站名既親切又疏遠。我同樣每晚出來蹓躂逛夜市，買小吃嘗鮮。也是一星期的逗留裡，兩次到髮廊裡剪髮吹髮，幾次步行去「誠品」買書，在旅館附近巷子裡找到了一家網咖。無論是在擎天的一〇一大樓、捷運車裡，還是市街上，看到的台北人都是開朗自信而多樣的。

和新交的朋友唱卡拉ＯＫ、吃日本菜及泡大眾湯，有兩次被人問起是否內地來的，因為口音和一般人不同。其實我生在基隆，四歲後遷至台北直住到二十二歲出國，講的是我那個時代的國語。也許出國日久，也許台北人的字彙裡多了台語和日語，不知不覺地產生了不同的口音。少小離家老大回，鄉音已改鬢毛衰，我是屬於過去世代的人了。

和記憶裡相同的建築不多，印象最深刻的是總統府。那天回高中母校慶祝百年校慶，回頭看見美麗的總統府和頂樓上飄揚的國旗，心頭一陣悸動。青少年時每天隨著升旗、降旗行著舉手禮，唱了無數回國旗歌，在純稚的心裡早把青天白日滿地紅的國旗視同國家的代表。想到在海外揮舞國旗的各種年月及事故，竟已悠悠多年。

騰出半日去了故宮博物院，以膜拜的心情欣賞古書畫。台北人何其幸運，能就近觀賞如此多的文化瑰寶。故宮博物院絕對是台北人的重要文化臍帶，裡面的文物千絲萬縷地連結著中華文明。

在博物院內一間展示廳裡看到一批小學生。他們的老師正清楚地告知學生，院內的文物，不管是一只碗，或是一本書，都可能是千年古物，歷經多少人的珍藏保護，才得流傳至今，我們要以尊重的心情看待。我悄然地走開，在心裡感謝著這名教師。

就這樣飛奔在北京和台北之間，其實我都只是過客。

京都花見

那天傍晚，我們在六點以前，趕到了京都的一條小巷，只為心底的那份好奇。

花見小路是條寬可容兩部計程車擦肩而過的小弄巷，在漸暗的黃昏裡擠滿了觀光客。巷子不長，從一端走到盡處只有五分鐘的腳程。我們端詳著每個店面和緊閉的門扉，猜想歌舞伎（Maiko）可能出入的門戶，緊盯著每部計程車裡的乘客，像狗仔隊般地一路前行。我們此行是「獵艷」，據說全日本的歌舞伎只剩六十一人，而且全在京都，在黃昏時到花見小路裡的藝館表演。

在緊張的搜索中不知不覺走到巷底，再失望地慢慢折回。半路上聽到有人雀躍歡呼，一對來自法國的男女遊客發現一位歌舞伎剛從計程車走出。我們也回頭快步跟上，興奮地用鏡頭或目光捕捉疾行的歌舞伎美姿。

我沒有掏出照相機，只站在正後方，一邊欣賞歌舞伎雪白的後頸及在暮色中倏忽即逝的背影，一邊心領神會那句「驀然回首，那人卻在燈火闌珊處」。目送歌舞伎消失在藝館後，此行目的已達，我拿起相機預備替同行朋友們留影。

我們選中一家看來古色古香的門面。正忙著取景時，我猛抬頭見到一對如花似玉的歌舞伎迎面走來。我不由驚呼出聲，一面提醒同伴們注意。建立刻拎起數碼相機獵取兩位歌舞伎各個角度的美麗倩影，我卻呆站在原地，正面直視著像從畫裡走出的美人。

很久以前看過一部電影《櫻花戀》，片中男主角馬龍白蘭度愛上一位日本藝妓。男主角初次到女主角家造訪時正是黃昏，低頭穿過甬道後進入起居室，在半明半亮的燈光下對身著和服、髮簪鮮花如流蘇拂面的女主角驚艷。當時影片中營造出的唯美氣氛也讓觀眾們感染到那份對女主角的驚艷感。

那種久已失去的感覺彷彿又回來了。那種原始對美的直接感受，對美的激賞，對美的讚嘆，隨著成熟世故摺疊在理智壓抑的一角。在陌生的城市，除掉面具的他鄉，輕易地舒張開來。

美人擦肩而過，轉向藝館。我像熱流通過全身般地跳了起來，奔向冉冉而行的美人身後。一位歌舞伎微笑著轉向我們，讓我們盡量拍照。我還是沒有掏出相機，只讓視覺儲存在大腦深處。

幾分鐘後，我們熱切地分享著我們的收穫，心滿意足地踱出花見小路。走在大街上，又看到七、八個穿漂亮和服的美麗少女。沒有歌舞伎敷粉施朱的艷麗，卻有歌舞伎沒有的自由活潑，我舉起了相機。一位少女面向我，讓我攝下她的如花笑靨。

由於成長時的環境，即使在燃燒青春的歲月裡，我也少有過如此追星族般的狂熱。但那天傍晚，在京都花見小路，我彷彿回到青春年少。

海上生明月

很久沒有看月亮了，這回金秋神州行，卻數度和它不期而遇。旅行的第一站是上海，晚上在鬧市閒逛，不經意地看到一彎新月。勾起了十年前初履神州，我由上海進關時的複雜感覺。

那是個仲秋夜。我坐在逐漸降落的機艙裡，一眼瞥見窗外掛著的皓月，像光燦的銀盤懸在漆黑的海面上，明月彷彿觸手可及，亮澄澄地蠱惑著倦怠無眠的我。海灣盡頭明珠點點，正是華燈初上。

我從空中俯視上海，想起了張愛玲的小說，周潤發演的電影〈上海灘〉，膾炙人口的老歌〈蘇州河畔〉，以及無數以上海為背景的傳奇，心裡一陣悸動，雙眼也潤濕了。上海是我童年時聽李麗華和周璇唱片裡想像的桃花江畔，俗麗而浪漫。

那是一九九七年九月，張愛玲骨灰撒在太平洋後兩年整，而我的上海印象停留在四十年代。

那次在上海待了一星期。我在黃浦江渡輪上浴著微風夜遊，在長安大街看上海的時髦新潮，在綠波廊嚐金秋大閘蟹和江南美食，在豫園初識江南的典麗庭園，在東方明珠塔頂俯視上海市景。赴杭州途中看水田漠漠，魚塘處處，鷺鷥低飛，蔗田飄香；在西湖坐一葉篷舟，聽雨打殘荷，船孃輕唱；循著周莊的青石板路，推開小樓花窗，看樓外小橋流水，柳巷深幽；在青浦彳亍在大觀園，重溫紅樓舊夢；去蘇州逛江南名園，見煙雨庭院，虎丘夕照。還去了工業園區，聽工程師述說和世界接軌的計劃。住在高級飯店，出入有專車接送，專人陪伴。就這樣收受著所有紛來沓至的感官享受，鑄成我初履中土的濃郁印象。

那趟旅行在心裡深深地烙了印，總想著那天再獨自好好走一次，理一理當年的印象。於是這回在同一時節，獨個兒推著行李上了路。

仍舊是秋盡江南草未凋，鎮日裡依然斜風細雨。每天走在湖南路上數著兩側的法國梧桐。坐地鐵、公車，也搭計程車，每天隨興地蹓躂。從老街逛到城隍廟，買包溫熱的糖炒栗子當零嘴；淮海路上啃個金黃香脆的鮮肉月餅等公車，在公車上分享鄰座女孩的滷鴨肫、鴨脖；鬧市街上隨人潮買大紅腸入口。

我站在徐匯區，看著滿街人潮，竟嗅出了幾分現代台北的味道。先看看上海市招，麥當勞漢堡、肯德基炸雞、星巴克咖啡、鼎泰豐、永和豆漿大王；再聽聽上海街名，中山北路、中山南路、南京東路、南京西路、重慶南路、重慶北路，連地鐵、路橋及滿街的喧嘩擁擠，都和台北相似。那麼十年前的上海，是不是也因為像記憶中三十年前的台北，而令我一見鍾情？我的童年記憶，從未像泛黃的老照片般逐漸模糊，卻只會不斷濾去殘渣，留下永遠的亮麗。

背包裡裝著水罐，手裡揣著地圖及在網上收集的資料，在上海混了五天。來回朱家角水鄉時，路經青浦，想起當年同行現已各赴天涯的朋友，心裡有份賈寶玉的感傷。去了趟上海博物館，走馬觀花文物重寶。名人故居只揀了香山路上的孫中山及淮海中路的宋慶齡，其餘的留待來日。大白天裡去了外灘，甚至去了百樂門大舞廳探望剛跳完茶舞的朋友，卻始終沒有一點蒼涼浪漫的聯想。

十年來，偶爾在淮海路上見到老舊洋房或綠蔭成行的法式梧桐時會想到張愛玲，和她帶給我的上海印象，卻從未想過去她的故居瞻仰。那晚的黯淡月光倒令我有了探望的想頭，也許是因為張愛玲為文喜用月亮及月光，既是描景敘事也是意象；也許是因為旅行中，我帶了一疊平時無暇閱讀的世副，其中有一篇就談到訪張愛玲故居。

第二天，我來到一幢鑲嵌在新式公寓樓宇裡的老舊洋樓前。站在街對面才能看到它的全貌，走近才能看到那面署名張愛玲故居的匾額。灰撲撲的一塊，很不起眼。我在鐵檻門前來回徜徉，追思一代才女。

當晚我搭上夜機離開上海，開始了兩星期的閩浙遊。在福州馬尾參觀中國船政文化博物館，重溫了一遍清末馬江海戰的歷史。一八八四年，馬尾對法國海戰前夕，欽差大臣張佩綸外放至福建軍務會辦，不理會詹天佑等人的警告，對偽裝成商船停泊在馬尾港長達一月的法國戰艦掉以輕心，致令福建南洋水師甫開戰即全軍覆沒，馬尾造船廠盡燬。

張佩綸是這場驚天動地海戰的中方指揮官，兵敗後革職充軍。後以布衣之身娶妻李鴻章之女李菊藕，是為張愛玲的爺爺及奶奶。其後張佩綸再無起復，一家子靠著李菊藕的嫁妝度日。到張愛玲出生，所有的華麗早已過去，留下的只有腐敗。

中秋夜，我在普陀山腳海灘，欣賞明月冉冉在海上升起，和十年前機窗所見同樣皎潔。這樣的月光和還沒丟掉的舊報紙，誘惑著我在回上海後再訪張愛玲故居。

旅行的終站是上海。第二天，我們一行四人隨我來到那幢老舊洋樓。在張愛玲故居前徘徊沒多久，有住客開了鎖，推開鐵檻門入內。也許是受到世副上那篇文章的啟發，我們在門沒闔上前，三分探險七分好奇地擠身入了樓。

電梯間的女服務員，一眼就瞧出我們的身份。她倒是熱心好客，主動帶我們上了五樓，在張愛玲當年住過的公寓門外拍照。又帶我們去看公寓外的陽台，讓我們憑欄遠眺，遙想當年愛玲正青春。其實我不是張迷，年少時讀她的小說，曾驚艷於她的文筆，特別是她用文字營造的淒美冷艷。覺得她從海上來，明月般地在上海升起，在璀璨的大上海華燈裡卻顯得蒼白朦朧。去看她的故居，像是看一個似相識還陌生的朋友。

走出公寓大樓，迎面掛著下弦月。月亮圓了又缺了，循環不已，正如人生。

問我故鄉在何處

在三晉大地上乘車南下。從大同、恒山、五台山、太原、平遙、洪桐、臨汾，見識了許多歷史人文景觀，終於到了壺口。聽到盼望已久的黃河怒吼，瞻仰到黃河以東及太行山以西併稱「表裡山河」的三晉源頭。

這一路迤邐南行，大同是一千六百年前的北魏古都，太原是兩千五百年前的趙都晉陽，臨汾是四千三百年前的堯都平陽。洪桐大槐樹可能是數百年前百家姓分支的源頭，而最終見到的黃河卻是五千年中華文化的源頭。

每次看到黃河，心情就激盪不已。第一次是在蘭州半山上，我俯視在鐵橋下流淌的滾滾黃流，耳邊響起〈龍的傳人〉裡的歌詞：「遙遠的東方有一條河，它的名字就叫黃河」。這次在壺口瀑布看到的是澎湃奔流的黃河，倒懸傾注在落差五十米的河道，咆哮翻滾如巨壺沸騰。「黃河之水天上來，奔流到海不復回」，我沒有李白的詩情，只有堵塞心頭的五味雜陳。

山西之行到了晉南，彷彿成了尋根之旅。在洪桐大槐樹邊，發現張姓排在第一位，是山西第一大姓。同行的朋友們，也以張姓最多，大夥在張氏祖宗牌位前合影留念，回應著地陪的順口溜「問我故鄉在何處，山西洪桐大槐樹」。

等到了黃河邊，黃河的怒吼敲擊在耳邊，順口溜成了句提醒。我走到水流平緩處，掬一捧黃河水，想到七十年代初到美國，第一次聽到〈黃河大合唱〉時的感動。年輕的心熱烈感受著「風在吼，馬在叫，黃河在咆哮」張光年在壺口見黃河的激情。濾去政治的口號和教條，音樂和詩句唱出了中華兒女對鄉土的熱愛。等到多年後，終於來到了壺口，燒燙了我的卻是〈黃河大合唱〉裡的另一句「張老三，我問你，你的家鄉在那裡」。

出生成長在台灣，卻被叫做外省人；在美國入籍多年，卻被叫做中國人。故鄉是先祖的家鄉，還是自己過去的家園？是中原大陸、台灣，還是美國？數千年的遷移，誰又能定義自己的故鄉在何處？也許，故鄉就是心靈羈絆的地方，是文化孕育的根源。而家鄉是生命的驛站，人住在那兒，那兒就是家鄉，不管是中國、台灣，還是美國。在一生裡，我可以有許多的家鄉，而我的鄉愁卻是對文化的孺慕懷念。

同行的朋友，掏著黃河岸的泥土，裝進小瓶中。她在黃河邊出生，小姑娘時到了台灣，再沒回去過。不起眼的一杯黃土，是她眼中珍貴的鄉土，代表著曾有的源頭及硬生生斬斷的臍帶。她們三姊妹祖籍陝西，一塊兒結伴來大陸旅遊，第一次回到黃河邊。

河西不遠有座界橋，過了橋就是陝西。我和三姊妹步行過橋，在書有陝西的路界旁替她們攝影留念。此地的黃河已成一馬平川，安靜詳和。我們緩步踱回壺口瀑布，在黃河岸繼續徘徊，願壯闊的黃河永遠澎湃洶湧在夢裡。

遊子吟

在海那邊

他們告訴我，
那是我的家，
我先祖所居之地。
泰山東麓，
黃海和渤海環伺，
矮矮丘陵相擁，
陷下個村塞樸實靜謐。

那兒的人們，我一脈同承的，叔伯兄弟及姊妹。
打漁、曬鹽、飼雞、養豬，
玉米棒棒就著黃豆餑餑。
日昇日落，
千年如一日，
一日如千年。

年輕的，耐不住平凡淡泊，
負笈如斷綫的風箏。
不曾回顧，
斑白的倚閭雙親。
不再眷念，
濱海的羞澀田園。

而我，
那華髮早生遊子的孩子呀，命定的遊子。
卻悠然神往，
那變天前的小村塞，
樸實靜謐，
在海那邊。

萬聖節以外

我俯視著你們，
孩子們。
皙白清純的臉蛋，
烏黑的軟髮，
晶亮的瞳仁，
小嘴粉紅的嘟起，
你們流著中國人的血，

而你們是美國人。

劃一個長方形，橫的，
中間豎一劃，
這就是中，
中國的中。
你們忙著用羅馬拼音，
「蔥」。
抬起頭，掛著一臉燦然。

你們不會明白，
老師哭了。
中國孩子過中元節，
你們腦子裡卻是萬聖節。
而你們依舊來上學，

雖然納悶，
當別的孩子休息時，
你卻苦劃方塊字。

白雲上下

獨行，
在凋盡黃葉的深秋裡，
他目光如晦，
一種感覺壅塞胸腹。
曾經，
多少個，
無眠之夜。
三更燈火五更雞，
一百燭光焚著，
慘綠少年日，

他的。
吶喊呀吶喊，在心裡，
有朝一日噢有朝一日，
我要乘青雲而上，
鷹揚於彼邦。
於是，
他來了。
帶著壯志豪情，
縱舞於北美繽紛紅葉裡，
狂歡，
當初雪的刹那。
終於，
又踩進同樣的秋卻不復憾動他心目的秋裡，
一種感覺壅塞胸腹。
恰似那年，

當機翼抬高，
遠處的熟悉景物冉冉下沉，
強噙的眼淚終於脫閘。
他，已在白雲上，
而故鄉飄渺，
卻在雲之下。

老人和貓

年輕的女人打開門。
一個著暗棕色對襟唐衫的老人，
仰起半埋在黑船帽裡僵凍的臉。
他的懷裡縮著一隻貓，
也是瘦脊脊的，
像這老人。

原來他草鞋穿了大半輩子。
黃埔科班
也曾轉戰大江南北，
湧過滔滔又溶溶的熱血。
而現在，
他是個流落異邦
靠救濟金度日的老人。
肘上弓著一隻貓，
澤光盡褪。

對不起，
年輕的女人說。
我們這裡沒有單間出租，
再說，
我們不希望房客養貓狗。

那女人關上門。
老人弓背哈腰，
把貓攏在袖子裡，
在漫天風雪中循原路
慢慢離去。
紛飛亂舞的雪
迅速在他的足跡上，
鋪上一層迷濛的白。

浪人和綠卡

從一家職業介紹所出來
你的頭，垂得很低。
牙咬下唇，
雙拳緊握。

他們向你要一張你變不出的卡
一紙綠不綠，藍不藍的卡。
這卡曾經，現在，也將會
持續扼殺著
無數人的愛情、靈魂、自由
和意志。
訕笑從牽動的嘴角昇起
碧眼人搧著長睫毛。
既然簽證到期
你為什麼不
回到你來自的地方？

驕傲必須繳械，
學歷等於白紙。

你，
不是移民局萬千編號中的一個。

總會有路的。
只要是中國人
總活得下去的。
只是不許、不要、也不能夠
回到你來自的地方。

驪歌四唱

那年唱青青校樹，
唱著唱著，
淚珠兒盈眶
閃在十一歲的眼底。

又三年，再三年，
只在竊笑
台上老師的失態。
等忙不迭站起
隨著小喇叭
卻哽不成聲。

又四年。
穿旗袍，戴方帽，
鬧哄哄的大禮堂，
難得的全校集合。
驪歌又響，
我們笑談著
下星期的留考，
明天的舞會。

再數年，
捲一紙異邦文憑。
沒有親人，沒有好友，
甚至沒有驪歌，
在連串的致詞後
又當了校友。
禮成人散
千百張椅子
寂寥地列在草場上。

北美華文作家系列15　語言文學類　PG1092

大海的女兒
——張青萍散文集

作　　者／張青萍
責任編輯／鄭伊庭
圖文排版／張慧雯
封面設計／陳佩蓉

發 行 人／宋政坤
法律顧問／毛國樑　律師
出版發行／秀威資訊科技股份有限公司
114台北市內湖區瑞光路76巷65號1樓
電話：+886-2-2796-3638　傳真：+886-2-2796-1377
http://www.showwe.com.tw
劃撥帳號／19563868　戶名：秀威資訊科技股份有限公司
讀者服務信箱：service@showwe.com.tw
展售門市／國家書店（松江門市）
104台北市中山區松江路209號1樓
電話：+886-2-2518-0207　傳真：+886-2-2518-0778
網路訂購／秀威網路書店：http://www.bodbooks.com.tw
國家網路書店：http://www.govbooks.com.tw

2013年11月　BOD一版
定價：280元

國家圖書館出版品預行編目

大海的女兒 : 張青萍散文集 / 張青萍著. -- 一版. -- 臺北
市 : 秀威資訊科技, 2013.11
面； 公分. -- (語言文學類 ; PG1092)(北美華文作家
系列 ; 15)
BOD版
ISBN 978-986-326-203-9(平裝)

855　　102021612

讀者回函卡

感謝您購買本書，為提升服務品質，請填妥以下資料，將讀者回函卡直接寄回或傳真本公司，收到您的寶貴意見後，我們會收藏記錄及檢討，謝謝！如您需要了解本公司最新出版書目、購書優惠或企劃活動，歡迎您上網查詢或下載相關資料：http:// www.showwe.com.tw

您購買的書名：________________________________

出生日期：________年________月________日

學歷：□高中（含）以下　□大專　□研究所（含）以上

職業：□製造業　□金融業　□資訊業　□軍警　□傳播業　□自由業

□服務業　□公務員　□教職　□學生　□家管　□其它_____

購書地點：□網路書店　□實體書店　□書展　□郵購　□贈閱　□其他

您從何得知本書的消息？

□網路書店　□實體書店　□網路搜尋　□電子報　□書訊　□雜誌

□傳播媒體　□親友推薦　□網站推薦　□部落格　□其他__________

您對本書的評價：（請填代號　1.非常滿意　2.滿意　3.尚可　4.再改進）

封面設計____　版面編排____　內容____　文／譯筆____　價格____

讀完書後您覺得：

□很有收穫　□有收穫　□收穫不多　□沒收穫

對我們的建議：________________________________

____

____

____

請貼
郵票

11466
台北市内湖區瑞光路 76 巷 65 號 1 樓
秀威資訊科技股份有限公司 收
BOD 數位出版事業部

（請沿線對折寄回，謝謝！）

姓　名：＿＿＿＿＿＿＿＿　年齡：＿＿＿＿　性別：□女　□男

郵遞區號：□□□□□

地　址：＿＿＿＿＿＿＿＿＿＿＿＿＿＿＿＿

聯絡電話：(日) ＿＿＿＿＿＿＿＿ (夜) ＿＿＿＿＿＿＿＿

E-mail：＿＿＿＿＿＿＿＿＿＿＿＿＿＿＿＿